AF203345

MIX
Papier aus verantwor-
tungsvollen Quellen
FSC® C083411

Auflage:
4   3   2
2022 2021 2020 2019

HAYMON tb **222**

© Haymon Taschenbuch, Innsbruck-Wien 2019
www.haymonverlag.at

Einige Geschichten sind erstmals in anderen Sammelbänden erschienen, nähere Informationen dazu finden sich auf S. 211.

ISBN 978-3-7099-7864-1

Buchinnengestaltung nach Entwürfen von himmel.
Studio für Design und Kommunikation, Innsbruck / Scheffau –
www.himmel.co.at
Umschlag: Eisele Grafik · Design, München, unter Verwendung folgender Bildelemente: bigstock.com/hobby 15 (Schnee); Adobe Stock/grafikplusfoto (Weihnachtsmann); Adobe Stock/Elnur (Zweig); shutterstock.com/Natali Samorod (Paket)
Satz: Da-TeX Gerd Blumenstein, Leipzig
Autorenfoto: Jürgen Weller Fotografie, Schwäbisch Hall

Gedruckt auf umweltfreundlichem,
chlor- und säurefrei gebleichtem Papier.

Von und mit Tatjana Kruse

Tannenduft mit Todesfolge

Kein bisschen besinnliche Weihnachtskrimis

Tatjana Kruse
Tannenduft mit Todesfolge

Inhalt

Vormord

Immer wieder an Ostern sitzen überall in der Welt Krimiautor*innen an ihren Schreibtischen, essen Marzipan-Eier und schreiben ... Weihnachtsgeschichten. Aus verlagsablaufbedingten Gründen ist die Abgabe meist auf Ende April terminiert, wenn die Weihnachtsanthologie noch rechtzeitig zum Fest erscheinen soll.

   Um mich in Stimmung zu bringen, höre ich in Endlosschleife meine liebsten Weihnachtslieder, entzünde die Kerzen in meinem Weihnachtskarussell aus dem Erzgebirge und knabbere nebenher die Reste des selbstgebackenen (nicht von mir) Stollens. Dann fällt es mir leicht, trotz der knospenden Natur vor meinem Fenster an diese magische Zeit des Jahres zu denken, zu der der Geist der Weihnacht Familien zusammenbringt, um Plätzchen zu essen, Geschenke auszutauschen, von Schnee zu träumen und unschuldig ermordete Bäume in der Vertikalen festzuzurren und mit Kugeln und Lametta zu behängen. Letzteres ist in meinen Geschichten natürlich nicht das einzige Verbrechen: Es wimmelt nur so vor diebischen Elfen, falschen Santa Kläusen, die sinistre Vorsätze umsetzen wollen, und bösen Verwandten, die die Weihnachtsgans in Gift marinieren.

In diesem Buch sind all meine Weihnachtsgeschichten endlich an einem Ort beisammen. Und wir lernen daraus vor allem eines: Mit mir will man am Fest der Liebe besser nicht zusammen sein ...

Herzlich-mörderisch, Tatjana

Süßer die Fäuste nie fliegen …

Zugbegleiter Jasper Fietz (34) hatte sich freiwillig für den Dienst an diesem 24. Dezember gemeldet. Am Mittag des Heiligabends mit dem IC Kohlbrand – ein Intercity alter Bauart – von der Landeshauptstadt einmal quer durch die hinterste Provinz. Das war noch echtes Abenteuer! An einem Tag wie diesem war alles möglich: Schwarzfahrer, Falschfahrer, verwirrte Erstfahrer, Rentiere. Was für ein Kick im sonst so eintönigen Alltagseinerlei.

In der zweiten Klasse – sie war relativ gut besetzt – kam er auch voll auf seine Kosten. Eine Oma, die im falschen Zug saß und unter viel *ojemineee, ojemineee* ihre Sachen zusammenraffte, um beim nächsten Haltebahnhof in den Gegenzug umzusteigen. Zwei bockige Minderjährige ohne gültige Fahrausweise und ohne Manieren. Und im Bordbistro feierten einige Jungmänner vorzeitig Bescherung mit viel Bier und wenig Besinnlichkeit. Fietz gab sich fürsorglich (Oma), streng (Teenager) und autoritär (Jungmänner) – er blühte regelrecht auf.

Doch dann der Waggon der ersten Klasse. Fast leer.

Fietz öffnete die Tür zum ersten Abteil. Eine Familie inmitten von Geschenkebergen, sichtlich auf der Heimkehr vom Weihnachtsshopping. Vater, Mutter, Knirps mit Elektronikteil. Familienticket. Besorgniserregend besonderheitenlos.

Das nächste Abteil war leer.

Dann stieß Fietz auf drei Männer in der festlichen Verkleidung von Rauschgoldengeln. Weiße Wallegewänder über den grobschlächtigen Körpern, strohblonde Wallelocken auf den kantigen Schädeln. Drei Einzelfahrscheine. Hatte alles seine Gültigkeit. Dass zwei der Männer je einen Glühweinbecher in der Hand hielten, war an sich noch keine zu ahndende Ordnungswidrigkeit. Jasper Fietz seufzte.

Wieder ein leeres Abteil und schließlich ein junger Mann mit Akne und dicker Brille, typischer Nerd, der ein kleines Köfferchen mit Atemschlitzen auf dem schmalen Schoß balancierte. „Mein Hamster", rief der Brillenjüngling schon, da hatte Fietz noch gar nicht ganz die Abteiltür geöffnet. Das Köfferchen auf dem Schoß wackelte. Vorauseilender Gehorsam. Solche wie der hatten immer gültige Fahrausweise. Dieser folglich auch.

Fietz war enttäuscht. Er hatte auf einen Sucht-Raucher gehofft, der sich in der Ersten-Klasse-Toilette verschanzte. Auf einen Greis, der seine Fahrkarte nicht finden und den er abmahnen konnte. Aber nein. Ihn atmete die pure Langeweile an. Lauter vorbildliche Bürger. Na, vielleicht stieg am nächsten Haltebahnhof noch ein rauchender Schwarzfahrer zu.

Die Hoffnung stirbt ja immer zuletzt ...

„Rauschgoldengel! Echt ey, voll daneben!"

Murat Arslan schüttelte den Kopf. Seine blonden Polyesterlocken knisterten. Nicht nur er war geladen, seine Plastikhaare auch.

Kevin Schmüller schmollte. „Alles andere war schon weg."

„Weihnachtsmänner. Wir sollten Weihnachtsmänner sein!" Murat wollte Bart und Bauch haben und in männlichen, roten Samt gehüllt sein. Nicht in einen weißen Baumwollfetzen mit Puffärmeln und Goldbordüre. Er sah aus wie die Barbie-Puppe seiner kleinen Schwester.

„Ich sag doch, es gab sonst nichts mehr!" Kevin verschränkte die muskulösen Arme in dem niedlichen weißen Rauschgoldkleid mit Schleifchen im Ausschnitt.

Heino Adam sagte nichts. Er fand sein schneeweißes Engels-Kostüm toll. Wenn er gekonnt hätte, er hätte leise und wohlig vor sich hingesummt und sich dabei die blonden Locken gestreichelt.

Mmmmmh ...

„So kann doch kein Mensch arbeiten!" Murat war noch längst nicht bereit, die Sache auf sich beruhen zu lassen. Er entstammte einer langen Reihe osmanischer Krieger, da stülpte man sich nicht einfach ein Kleid über und tat so, als wäre nichts. Man tat seinen Unmut kund. Oral und durch eine große Geste. Murats große Geste bestand darin, seinen Becher mit dem mittlerweile kalten Glühwein einfach in den Flur zu werfen. Eine Glühweinlache breitete sich aus und verbreitete ihren festlichen Duft nach billigem Südwein, Zimt und Gewürznelken.

„Nächstes Mal kannst *du* ja die Kostüme besorgen", maulte Kevin.

„Und du kannst sicher sein, dass ich dann nicht mit billigen Frauenfummeln ankomme! Wir sehen aus wie Drag Queens auf dem Weg zu einer *Christopher-Street-Day*-Parade. Mensch, wenn mich wer sieht, der mich kennt, dann ist das doch voll peinlich!"

„Der Witz ist ja gerade, dass dich in dem Outfit keiner erkennt!", hielt Kevin dagegen. Das war das letzte Mal, dass er mit diesem Macho Murat gemeinsame Sache machte. „Sag du doch auch mal was, Heino!", verlangte er von seinem alten Kindergartenfreund.

Doch Heino schwebte in anderen Sphären.

mmmmmmmmh ...

Kevin sah wieder zu Murat. „Ich verstehe echt nicht, warum du dich so anstellst! Hat doch alles super geklappt. Außerdem konnte man unter den Kleidern die Pumpguns nicht erkennen. Ich find's gar nicht so übel! Eigentlich find ich's sogar genial!"

Murat brummte. Er presste sich die Tasche mit der halben Million Euro an den Rauschgoldengelbauch.

Ingo Klein atmete regelmäßig. Regelmäßiges Atmen war total wichtig, wenn es um die seelische Harmonie seines Kleinen ging. Stoßatmung machte seinen Süßen wuschig. Ingo wusste, dass er sein Schoßtier eigentlich nicht im Zug hätte transportieren dürfen. Die Gesetzeslage und die anderen Reisenden waren ihm dabei schnurzegal, aber für seinen Kleinen war so eine Fahrt einfach zu stressig. Er würde bestimmt wieder tagelang nichts fressen. Aber Ingo konnte ihn unmöglich allein zu Hause lassen, während er die Weihnachtsfeiertage bei seinem verwitweten Vater urlaubte. Das brachte er nicht übers Herz. Sie waren unzertrennlich, er und sein Zorro.

Wobei Zorro natürlich kein Hamster war. Das war frech gelogen. Bitte, welcher erwachsene Mann hielt sich schon einen Hamster? Das hatte er dem Schaffner nur gesagt, damit der sich nicht aufregte.

Zorro war kein Hamster.

Zorro war ein hochgiftiger australischer Küstentaipan, die zweitgefährlichste Giftschlange der Welt.

„Gott, ist das öde!"

Jaqueline Berger stand auf. In ihrer Jugend war sie auf der alljährlichen Kirmes drei Mal in Folge zur schönsten Frau Helmhausens gewählt worden. Sie war immer noch eine schöne Frau. Aber sie meinte förmlich zu spüren, wie ihr das Leben als Hausfrau und Mutter Tag für Tag Unze um Unze ihres Sexappeals wegzufressen drohte. Sie hatte sich Hotte Berger geangelt, der aber schon längst nicht mehr „hot" war, sondern nur noch Herr Berger, Sparkassenfilialleiter mit Bauchansatz und Schütterhaar. „Ich hole mir im Bordbistro etwas zu trinken!"

Sie waren auf dem Weg zu seiner Mutter, einem unerträglichen alten Schrapnell. Aber nicht unvermögend. Solange sie noch lebte, wollte sie zu allen Festtagen ihren Enkelsohn sehen. Also hatten sie wie immer bergeweise hässlichen Krimskrams erstanden, den sie in wenigen Stunden optisch augenfällig unter der Nordmanntanne ihrer Schwiegermutter drapieren würden, um sich dann den Magen mit viel zu fetter Gans vollzuschlagen. Bis zum zweiten Weihnachtsfeiertag mussten sie mit der Alten auf gute Laune machen. Hoffentlich fiel sie bald tot um. Oder bekam wenigstens Alzheimer, damit man sie ins Heim stecken konnte.

Jaqueline seufzte, strich sich eine blondierte, gehighlightete Extension-Strähne aus dem Gesicht und schritt hüftwackelnd zum Bistro.

Dort wurde sie von den wilden Hurra-Rufen der angetrunkenen Jungmänner begrüßt.

Jaqueline blühte auf.

Der Schneefall nahm an Intensität zu. Bedrohlich dräuend erstreckte sich die Landschaft im festen Griff des Winters. Es war viel zu dunkel für die Uhrzeit.

Zugbegleiter Jasper Fietz blickte aus dem Fenster. Auf diesem Streckenabschnitt fuhr der Intercity sonst viel schneller. Na ja, der Lokführer würde sich schon bei ihm melden, wenn es Schwierigkeiten geben sollte. Aber was sollte es schon für Schwierigkeiten geben? Sie würden ja wohl kaum einschneien.

Um exakt 14 Uhr 12 schneiten sie ein. Der Lokführer verständigte die Leitstelle und gleich darauf Zugbegleiter Fietz, dass aufgrund von null Sicht und meterhohen Schneeverwehungen die Weiterfahrt auf unbestimmte Zeit verschoben sei. Fietz fand das toll. Abenteuer pur! Knatternd teilte er diesen Umstand über die Sprechanlage seinen Gästen mit. Man konnte es im IC Kohlbrand kollektiv aufjaulen hören.

„Scheiße! Scheiße! Scheiße!"

Murat tigerte in dem Erste-Klasse-Abteil auf und ab. Da er ein sehr großer Mann und das Abteil vergleichsweise winzig war, bestand das Tigern in einem Schritt nach vorn, umdrehen, ein Schritt zurück und fertig. Die Tasche mit dem Geld hatte er sich unter das Rauschgoldkleid geschoben. Er sah schwanger aus. Hochschwanger.

Kevin Schmüller schmollte immer noch wegen der Rauschgoldkostümsache. „Wir hätten eben nicht im Zug abhauen sollen. Welcher Bankräuber haut schon im Zug ab? Man nimmt einen Fluchtwagen, das weiß doch jeder. Der Cousin vom Heino hat einen Maserati, den hätte er uns bestimmt geliehen. Man flieht immer im Auto!"

„Eben! Weil es jeder so macht, machen wir es anders. Die Bullen werden nie auf die Idee kommen, in einem Zug nach uns zu suchen."

„Jetzt sitzen wir hier aber fest. Und die Kostüme haben wir auch noch nicht entsorgt. Sobald hier einer auf seinem Smartphone die Lokalnachrichten abruft, fliegen wir auf." Kevin klang beinahe triumphal. Wenn Murat für seine kurzsichtige Planung eins auf die Schnauze bekäme, wäre ihm das sogar einen Knastaufenthalt wert. „Bist du nicht auch besorgt, Heino?", erkundigte er sich bei seinem alten Freund.

Heino kuschelte sich in seinem Traum in Weiß ganz tief in das Sitzpolster.

mmmmmmh ...

„Heino!", rief Kevin.

„Mach jetzt hier bloß nicht auf Meuterei, Alter", wandte Murat ein. „Wir müssen unser weiteres Vorgehen überlegen."

„Was denn für'n Vorgehen? Wir müssen warten, bis der Zug weiterfährt. Es bleibt uns ja nichts anderes übrig. Ich stapf doch nicht in der Pampa durch den Schnee!"

„Siehst du, deswegen bin ich der Kopf unserer Bande. Weil du nicht von A nach B denken kannst", lästerte Murat.

„Ach, und du denkst wohl bis C, ja? Was soll denn C sein? Willst du den Zug entführen? Mit dem Intercity über den Brenner nach Italien durchbrennen, was?", konterte Kevin verächtlich.

Murat baute sich vor ihm auf.

Kevin erhob sich.

Testosteron lag in der Luft.

mmmmmmh ... machte Heino.

„Ich will aber die neue Spielekonsole von Nintendo", verlangte Fipps Berger alias Berger junior von seinem Vater. „Die alte ist voll doof."

„Die alte tut es noch." Wolfgang Berger blätterte eine Seite um. Er hatte einige Personalakten mit in den Urlaub genommen. Zum neuen Jahr standen Freisetzungen an. Im Grunde hätte er sich nicht die Mühe einer Aktendurchsicht machen müssen, er könnte auch einfach Dartpfeile werfen oder würfeln. Er hatte fünfzehn Mitarbeiter in seiner Filiale, und zwei mussten weg. Die Müller natürlich, die nahm immer zu viel Parfüm. Und der Schmittke. Aus keinem besonderen Grund. Einfach nur, weil er der Schmittke war.

„Aber der Arbeitsspeicher der alten ist zu klein!", erklärte Berger junior.

Berger senior brummte. „Ja, ja."

„Papa, du hörst gar nicht zu!", protestierte Fipps stinkig.

„Was?" Berger schaute auf. „Natürlich höre ich dir zu! Wieso geht es denn nicht weiter? Warum steht der Zug? Und wo ist deine Mutter?"

Verdammt, wo war Zorro?

Ingo Klein befand sich kurz vor dem Atemstillstand. Zorro war weg! Er hatte nur kurz einen Blick in den Transportkoffer werfen wollen, um sicherzustellen, dass sein Kleiner nicht unterkühlte, und da gähnte ihm das Innere des Köfferchens absolut leer entgegen.

Ingo sprang auf. Er hatte keine Angst, gebissen zu werden. Taipane waren scheue Kreaturen und sie bissen nur zu, wenn sie sich akut bedroht fühlten. Aber jetzt, da der Zug in der Schneewehe feststeckte, war es vermutlich nur eine Frage der Zeit, bis die Heizung versagte. Und dann? Dann würde Zorro erfrieren!

„Zorro!", rief Ingo besorgt und klopfte auf die Sitzpolster seines Abteils. „Zorro! Komm zu Herrchen!"

Zugbegleiter Jasper Fietz marschierte durch die Wagen der zweiten Klasse. Er hatte seinen Elektro-Taser aus seinem Rucksack gefischt, um notfalls mit Gewalt für Ruhe und Ordnung zu sorgen. Aber er hatte sich zu früh auf Randale gefreut. Es war der Heilige Abend, den Menschen ein Wohlgefallen. Keiner regte sich auf. Wie so oft in Katastrophensituationen wuchsen die Betroffenen über sich hinaus. Wer etwas zu essen dabeihatte – Weihnachtsplätzchen, Christstollen, braunfleckige Bananen –, teilte es mit seinen Mitreisenden. Eine Gruppe übergewichtiger Matronen betätigte sich als Sternsingertruppe und intonierte inbrünstig sämtliche gängigen Weihnachtslieder, allen voran natürlich *Last Christmas*. Ein blasser Student bastelte Luftballontiere für die Kleinkinder in der Spiele-Ecke von Wagen fünf.

Fietz war enttäuscht. Aber noch war Hoffnung. Der Schneefall nahm immer mehr zu. Sie würden sicher noch eine Weile festsitzen. Mal sehen, wie die Massen drauf waren, wenn in ein paar Stunden der Strom ausfiel ...

Jaqueline Berger wusste nicht, wer die süßen Jungs waren oder wie sie hießen. Völlig egal. Endlich hatte sie wieder das Gefühl, eine betörend schöne Femme fatale zu sein, der die Männer reihenweise zu Füßen lagen. Buchstäblich. Zwei der Biertrinker konnten sich nämlich nicht mehr auf den Beinen halten und kauerten dümmlich grinsend unter dem Bistrotisch.

Der Kellner brachte noch eine Runde Bier.

„Auf ex!", tirilierte Jaqueline.

Sie hatte seit Tagen nichts gegessen. Der fetten Gans ihrer Schwiegermutter musste mit konsequenter Null-Diät begegnet werden, sonst ging der Reißverschluss ihrer Jeans in Größe 36 nicht mehr zu, wie letztes Weihnachten.

Im Grunde hätte sie keinen Alkohol trinken dürfen, der ging sofort ins Blut. Und wenn schon Alkohol, dann kein Bier, höchstens eine Weißweinschorle mit viel Schorle und wenig Weißwein. Aber es fühlte sich großartig an, endlich wieder als Frau wahrgenommen zu werden. Sie war ja immer nur mit ihrem Sohn daheim und ging allenfalls zum Sport, und ihr Yogalehrer war schwul. Diese Jungs hier nicht. Sie spürte eine Hand auf ihrem Hintern.

„Prösterchen!", quietschte sie und war glücklich.

„Zorro! Komm zu Herrchen! Zorrolein!"

Ingo Klein hatte die Abteiltür geöffnet und sah erst nach links, dann nach rechts. Vorhin bei der Fahrkartenkontrolle, da musste ihm sein Zorro entwischt sein. Hm, mal nachdenken: Wenn er eine gefährliche Giftschlange wäre, wohin würde er sich schlängeln? Schlangen konnten kaum sehen oder hören, ihre Orientierung funktionierte über Vibrationen. Ingo legte sich auf den Boden und presste seine Wange auf das Linoleum. Ja, ja, es vibrierte ...

„Die Besoffenen liegen schon im Gang", sagte Murat und schloss die Abteiltür wieder. „Wir sind hier sicher. Falls Bullen kommen, machen wir auf betrunken."

„Toller Plan." Kevin schälte sich aus dem Rauschgoldengelkleid und nahm die Perücke ab. Das heißt, er wollte sie abnehmen. Aber sie wehrte sich. Ihm fiel wieder ein, dass sie ihm vor dem Bruch in der Bank ständig vom kahlrasierten Schädel zu rutschen drohte. Da hatte er sie eben fixiert. Hm. Er hätte keinen Sekundenkleber verwenden sollen.

Die beiden Männer standen sich immer noch auf 180 genervt gegenüber. Aus Heinos Ecke kam ein leise summendes *mmmmmmh* ...

„Weißt du, mir reicht es allmählich, dass du an allem herumstänkerst. Wir sind jetzt eine halbe Million reicher als noch heute Morgen beim Aufwachen, dafür kann ich doch wohl mal ein Dankeschön erwarten." Murat war sauer. Seine Vorfahren im osmanischen Reich hatten sich zweifelsohne nicht mit derart undankbaren Subalternen herumschlagen müssen. Und falls doch, dann wären sie kurzerhand gepfählt worden.

Der Gedanke an den gepfählten Kevin Schmüller ließ ihn grinsen. Dann fiel sein Blick auf Heino, der mit seinen fetten Wurstfingern zärtlich über die Goldkante seines Engelkostüms strich und sich im Sitz förmlich zu räkeln schien.

mmmmmmh …

„Großer Gott, was hat der denn?"

Zugbegleiter Jasper Fietz patrouillierte durch seinen Intercity. Jeden Moment konnte die Stimmung kippen. Der Intercity stand nun schon fast eine Dreiviertelstunde im Schneegestöber, und das am Heiligen Abend. Gleich würde irgendjemand die Nerven verlieren, würde toben und rasen und verlangen, rechtzeitig zur Bescherung nach Hause zu kommen. Fietzens Finger umklammerten den Taser in seiner Tasche. Er war gewappnet.

Im Bordbistro knutschte eine nicht mehr ganz taufrische Blondine mit dem einzigen der biertrinkenden Jungmänner, der sich noch auf den Beinen halten konnte. Betonung auf *noch*.

Fietz betrat den Wagen der ersten Klasse. Der Brillenträger mit der Akne lag im Flur auf dem Boden. „Alles in Ordnung?", fragte Fietz. „Suchen Sie Ihren Hamster? Ausgebüxt, was?" Fietz griente.

Der Nerd sah auf. „Ja", sagte er, obwohl sichtlich nichts in Ordnung war. Seine Augen waren weit aufgerissen, das Haar klebte ihm an der verschwitzten Stirn. Fietz hätte die Angst riechen können, aber er roch nur Glühwein.

Aus den Augenwinkeln nahm Fietz eine Bewegung wahr. In dem Abteil direkt neben ihm stapelten sich kitschig verpackte Geschenkkartons. Dazwischen ein Mann mittleren Alters im Anzug, der in irgendwelchen Papieren blätterte. Daneben ein kleiner Junge mit einem Elektronikteil. Der Junge sah ihn intensiv an und legte das Elektronikteil zur Seite. Dann nahm er einen Stift und einen Schreibblock und schrieb etwas. Fietz wollte schon weitergehen, da hob das Kind den Block nach oben.

DAS IST NICHT MEIN VATER!, stand darauf geschrieben.

Die Lippen des Jungen formten nur ein Wort.

„Hilfe!"

„Spinnst du, oder was? Lass gefälligst dieses obszöne Summen sein!", befahl Murat.

„Lass den Heino in Ruhe!", verlangte Kevin, der sich wieder hingesetzt hatte und an seinem Glühwein nippte.

Murat wirbelte herum. Das war der Tropfen, der das Fass zum Überlaufen brachte. Mit dieser ununterbrochenen Provokation war jetzt Schluss. Beim Herumwirbeln löste sich allerdings die Tasche mit der Beute und plumpste zu Boden. Murat wollte sich bücken und sie aufheben, da machte es *ratsch*.

Sein Rauschgoldengelkleid, das einen Tick zu eng saß, war im Rücken aufgeplatzt.

Kevin kicherte.

„Das hast du doch absichtlich gemacht!", brüllte Murat.

„Was denn?" Kevin grinste breit.

„Du hast absichtlich mein Kleid eine Nummer kleiner gekauft!" Murat hatte einen knallroten Kopf. Gleich

würde er explodieren. Oder er verschaffte sich Erleichterung. „Steh auf, wenn du ein Mann bist!", brüllte er.

Zugbegleiter Fietz wusste, was er zu tun hatte. Er nickte
dem Knaben zu und formte mit den Lippen die Worte:
„Keine Angst, Junge, alles wird gut, ich sorge für deine
Sicherheit."

Es waren eigentlich keine geformten Worte, mehr ein
Auf- und Zuschnappen der Lippen wie bei einem Karp-
fen, und nicht einmal ein geübter Lippenleser mit jahr-
zehntelanger Erfahrung an einer Taubstummenschule
hätte auch nur ansatzweise verstehen können, was Fietz
meinte, aber das war Berger junior auch vollkommen
egal. Fipps wollte sich nur an seinem verknöcherten Vater rächen. Dafür, dass er nie zuhörte. Dafür, dass er ihm
nie die neuesten Gadgets schenkte. Und für einfach alles.

Fietz holte tief Luft, ließ erst die linke, dann die
rechte Schulter kreisen und zog seinen Taser aus der
Jackentasche.

Diesem perversen, pädophilen Kidnapper würde er
es zeigen, den würde er mit 10.000 Volt in die Umnach-
tung schicken.

Fietz riss die Abteiltür auf.

„N E I N!", gellte Ingo Klein.

In dem Moment, als er seinen geliebten Zorro entdeckte – der sich ganz flach an die Bodenleiste im Gang
drückte, völlig verschreckt, wie Ingo fand, aber auch so
gut wie unsichtbar, da farbidentisch mit der Leiste –,
wurden zwei Abteiltüren aufgerissen.

Vorn packte der Zugbegleiter einen mittelalten Mann am Revers und zerrte ihn in den Gang, während gleichzeitig Blitze aufzuleuchten schienen. Der Mann schrie wie am Spieß, der Zugbegleiter auch.

Zwei Abteile weiter wurde die Tür von zwei grobschlächtigen Kerlen geöffnet, die ihre Gesichter gegenseitig mit riesigen Fäusten malträtierten. Alle vier wurden in dem Augenblick zu einem einzigen Menschenknäuel zusammengewirbelt, als der Intercity Kohlbrand einen heftigen Ruck nach vorn machte. Die zentrale Leitstelle hatte eine weitere Lok geschickt, die den Zug aus dem Schnee ziehen sollte. Besagte Lok dockte derb an.

Fietz, Berger senior, Murat und Kevin landeten unsanft in der Glühweinlache auf dem Waggonboden.

Die Vibration ließ Zorro zu neuem Leben erwachen. Der Flur war *sein* Flur. Er züngelte.

„Nicht bewegen!", kreischte Ingo aus Angst, die prügelnden Männer könnten seinen Zorro platt quetschen.

„Eine Schlange!", kreischte Jaqueline Berger. Der letzte Jungmann war unter dem kombinierten Ansturm von zehn Flaschen Bier und den Zungenküssen der fremden Blondine zu Boden gegangen, da hatte sie sich ihrer Familie erinnert. Und nun stand sie im Gang und zeigefingerte auf die züngelnde Giftschlange.

Das Männerknäuel, in dem Lichtblitze aufleuchteten, weil Fietz den Taser im Dauerbetrieb betätigte, womit er einfach nicht aufhören konnte, weil er einen Krampf in der Hand hatte, rollte unaufhaltsam auf Zorro zu. Blonde Plastikhaare knisterten, Fäuste flogen. Von fern hörte man die Sternsingertruppe *Süßer die Glocken nie klingen* singen.

Zorro richtete sich auf und gab zischend eine letzte Warnung von sich.

Jaqueline fiel in Ohnmacht.

Ingo Klein stürzte nach vorn.

Gemütlich zuckelte der Intercity Kohlbrand mit seinen beiden Loks durch die verschneite Landschaft. Vorbei an Einfamilienhäusern, die mit Lichterketten geschmückt waren und aus deren Kaminen sich weiße Rauchsäulen in den Himmel erhoben.

Allüberall herrschte Weihnacht.

Im Waggon der ersten Klasse herrschte Stille.

Tödliche Stille.

Jaqueline Berger war immer noch ohnmächtig.

Der Taser von Zugbegleiter Fietz hatte seinen Saft verschossen. Vier Männer lagen reglos im Glühwein. Hin und wieder zuckten unwillkürlich irgendwelche Gliedmaßen, Sabberfäden hingen ihnen aus den Mundwinkeln.

Ingo Klein hielt Zorro mit fester Hand direkt hinter dem Kopf und streichelte seinen kleinen Liebling. Hatte er zugebissen? Wenn ja, wen? Er stopfte Zorro liebevoll in das Transportköfferchen. Dann tastete er sich ab. Setzten schon erste Lähmungserscheinungen ein?

Fipps Berger lugte in den Flur. Dann stieg er über den bewusstlosen Körper seiner Mutter, den zuckenden Körper seines Vaters und schaute in das Abteil, in dem ein Mann in einem weißen Rauschgoldkleid mit strohgelben Locken saß und *mmmmmmh* machte. Auf dem Boden des Abteils stand eine Tasche. Geldscheine lugten aus dem nicht ganz geschlossenen Reißverschluss.

Fipps musste nicht lange überlegen. Seine neue Spielekonsole war gesichert ...

Peng – und dann herrscht „Stille Nacht"

Der erste Schuss traf ihn schräg links neben dem Herzen, der zweite unmittelbar oberhalb des Bauchnabels. Er krümmte sich und schrie vor Schmerz wie ein waidwundes Tier. Gleich darauf zogen sich rote Schlieren nach unten, die auf dem frisch gestärkten Hemd umso deutlicher zu sehen waren. Der dritte Schuss ging voll in die Weichteile. Sein Schreien wurde noch animalischer. Der letzte Schuss streifte zwar nur seine Stirn, aber der Aufprall riss seinen Kopf zur Seite und ließ ihn heftig gegen die Backsteinmauer prallen. Dann war es still.

Maurizio Scarpettini, 54, Oberkellner bei einem Sterne-Italiener, verheiratet, vier Kinder, ging wie in Zeitlupe zu Boden.

Und stand nicht mehr auf.

Knecht Ruprecht schob seine martialische Waffe in den Sack auf seinem Rücken, in dem er auch die Mandarinen, Lebkuchen, Erdnüsse und Schokoladenküsse verstaut hatte. Dann strich er sich über den dunklen Rauschebart, rückte die Rute an seinem Gürtel zurecht, sah nach links, dann nach rechts und lief mit knirschenden Schritten durch den Neuschnee davon.

Kommissar Stadlmayr kniete sich neben die reglose Männergestalt und seufzte.

Scarpettini war nun schon das vierte Opfer seit dem Vorabend des Nikolaustages. Und dabei war heute erst der siebte Dezember.

Immer waren es öffentliche Orte, an denen die ruchlosen Taten geschahen: eine Gasse, ein Vorgarten, ein Busbahnhof und jetzt die Raucherecke eines Szenelokals. Und jedes Mal wurde der Täter von mehreren Menschen gesehen und eindeutig identifiziert: Es war Knecht Ruprecht. Genau so, wie man ihn sich gemeinhin vorstellt: im Fellmantel mit Bart, grimmig guckend, die Hand an der Rute. Stets bereit, unartigen Kindern eins überzuziehen. Nur hatte er sich für eine nachhaltigere Methode als die Reisigrute entschieden. „Orgien in Blutrot", so hatte ein Streifenbeamter die Tatorte genannt.

Die Opfer waren ausnahmslos harmlose, gar als liebenswert zu bezeichnende Personen: eine ältliche Buchhändlerin, die in ihrer Freizeit einen Kinderchor leitete. Eine junge Hausfrau und Mutter, die außer ihren Sommersprossen nichts Auffälliges an sich hatte. Ein jovialer Busfahrer, ehemaliger Opernsänger, der die Fahrgäste mit seiner exzellent ausgebildeten Tenorstimme zu unterhalten pflegte. Und jetzt dieser Kellner, der bei seinen Kollegen als stets gut gelaunt und fröhlich galt.

Weder auf den ersten noch auf den zweiten Blick gab es zwischen den Opfern irgendeine Verbindung. Der Fall war ein einziges Rätsel.

„Wer macht so was?", fragte Stadlmayr kopfschüttelnd.

Er legte Scarpettini die Hand auf die rot getränkte Brust. „Wer, um Himmels willen?", fragte Stadlmayr mit Blick in Richtung Himmel, aber von oben kam keine Antwort.

Dafür von unten.

„Isch 'abe keine Feinde", erklärte Scarpettini aus der tiefer gelegten Horizontalen.

Der Sanitäter ließ seinen Erste-Hilfe-Koffer zuschnappen und sagte: „Vermutlich Gehirnerschütterung, zwei angeknackste Rippen, Blutergüsse. Der wird wieder. Sicherheitshalber nehmen wir ihn aber zur Beobachtung mit ins Krankenhaus." Er winkte seinem Kollegen mit der Trage.

Stadlmayr wischte sich die rote Paintballfarbe mit einem Zellstofftaschentuch ab.

Scarpettini hatte es von allen am schlimmsten erwischt. Die ersten drei hatten nur Blutergüsse an den Extremitäten erlitten. So ein Paintball konnte ein gefährliches Geschoss sein.

„Das ist typisch für einen Serientäter – die Taten nehmen an Heftigkeit zu. Die Spirale der Gewalt wird schließlich unweigerlich in eine Erschießung münden", dozierte Lennart Mäckler, Kommissar zur Ausbildung. Er trug immer einen Anzug. Mit Krawatte. Und Krawattennadel. Nur einer von vielen Hinweisen darauf, dass er in naher Zukunft Polizeichef zu werden gedachte. „Irgendwann reicht ihm Paintball nicht mehr, dann wird es ernst. Noch vor dem Fest wird er ins Einkaufszentrum laufen und im Blutrausch alle niederschießen.

Denken Sie an meine Worte!" Mäckler schürzte die Lippen und schaute kassandrisch, aber seine apodiktische Prophezeiung fand kein Gehör.

„Wir sind hier nicht in Amerika." Stadlmayr erhob sich mühsam – zwanzig Kilo zu viel, und das schon vor dem Fest –, während Scarpettini auf die Trage gehievt wurde.

„Sie haben also nichts gesehen, was uns einen Hinweis auf die Identität des Täters geben könnte?", fragte Stadlmayr den stöhnenden Italiener. „Eine Tätowierung? Ein Muttermal?"

„Nein, er kame von 'inten. Isch 'abe eine geraucht und dabei vor misch 'in gesummt, als diese Schweinehund misch umgenietet 'at." Scarpettini fluchte noch ein wenig auf Italienisch. Das war gut gegen den Kopfschmerz. Sein Schädel brummte höllisch. Verdammte Backsteinmauer.

Die Sanitäter schoben ihn in den Krankenwagen.

Mäckler sah dem Krankenwagen, der sich mit Blaulicht, aber ohne Sirene entfernte, kopfschüttelnd nach. „Um was wetten wir, dass unser Täter in immer kürzeren Abständen um sich ballern wird? Das ist heute nicht das letzte Opfer."

Er sollte recht behalten.

Stadlmayr ärgerte das maßlos. Noch mehr sogar als die Tatsache, dass ein Spinner seine Stadt unsicher machte.

„Ich tippe auf Ausländerfeindlichkeit", erklärte Mäckler keine zwei Stunden später.

Nur drei Straßen weiter hatte Knecht Ruprecht mit seinem Paintballgewehr einen jungen Tamilen umgenietet, der arglos vor einem Maronistand angestanden hatte. Seine Berufsschulhefte, sein iPod und eine Ansammlung angebissener Esskastanien lagen wild verstreut vor dem kleinen Holzstand.

„Machen Sie sich nicht lächerlich", wehrte Stadlmayr ab.

„Aber Chef, überlegen Sie mal: Die Buchhändlerin war Kroatin, die junge Frau mit den Sommersprossen kam aus Irland, dann der italienische Kellner und jetzt der Tamile. Erkennen Sie da keinen roten Faden?"

Das dritte Opfer, der Busfahrer, war Bayer gewesen, aber das war ja irgendwie auch Ausland. Das sprach Mäckler jedoch nicht aus, weil *Stadlmayr* irgendwie auch bayrisch klang und seine Personalakte besser sauber bleiben sollte. Also wiederholte er nur: „Es gibt definitiv einen roten Faden. Blutrot sogar."

Buchstäblich, dachte Stadlmayr, vermochte sich mit diesem Gedanken aber dennoch nicht anzufreunden. Rassismus in seiner Stadt? Das konnte und wollte er nicht glauben.

Thumilan Suthan sammelte unterdessen seine Habseligkeiten ein. Er schimpfte ungehalten. Weniger, weil er das Opfer eines Anschlags geworden war, sondern vor allem, weil die rote Farbe aus seinem neu erstandenen Designerkapuzenshirt nicht herausgehen würde. „Scheiße, verdammte Scheiße!", fluchte er und kickte ein paar Maroni in den Schneematsch, um seinem Ärger Luft zu machen.

„Ist Ihnen an dem Täter irgendetwas aufgefallen?", wollte Stadlmayr wissen.

„Nö. Nur dass er sich als Knecht Ruprecht verkleidet hat. Vollidiot."

„Hat er etwas gesagt?", hakte Stadlmayr weiter nach.

„Ich hab nichts gehört, aber ich hatte ja die Ohrstöpsel drin und habe vor mich hingesungen." Suthan sah an sich herunter und legte die Stirn in Falten. „Wenn ich den erwische, kann er was erleben! Schauen Sie mal meinen iPod an: Den kann ich direkt in den Müll werfen."

„Bitte lächeln!", rief da der Fotograf der örtlichen Tageszeitung und drückte auf den Auslöser.

Am nächsten Tag lautete die Schlagzeile des Lokalteils: *FREMDENHASS IN MULTICOLOR.*

Darunter ein Foto des ernst dreinblickenden Mäckler, der – ganz künftiger Polizeichef – dem Journalisten ein Statement gegeben hatte: „Passen Sie auf Ihre Lieben auf, das hier ist noch nicht zu Ende."

Während Stadlmayr sich noch darüber ärgerte, dass Mäckler überall Panik verbreitete, kam von ganz oben die Order, dass man bei einem so brisanten Thema kein Risiko eingehen dürfe. Sämtliche auch nur entfernt ausländisch aussehenden Kollegen von der Streife sollten als Lockvögel in Zivil und undercover durch die Stadt streifen und den Paintball-Ruprecht dingfest machen.

Wie sich herausstellte, gab es nur zwei Kollegen, die ausländisch aussahen: einen bulligen Mafiosotypen mit buschigen schwarzen Augenbrauen namens Höpf, der aus Hessen stammte und zweifelsohne ein Nachfahre der Neandertaler war, und Polizeiobermeister Nägele von der Schwäbischen Alb, den man mühelos als Albaner ausgeben konnte. Kollege Athanasios war leider zu blond und blauäugig. Zur Unterstützung lieh man sich daher aus der angrenzenden Kreisstadt einen sehr jungen türkischstämmigen Kollegen namens Arslan.

Die Undercover-Polizisten streiften durch die Straßen, aber von ihnen fiel keiner Knecht Ruprecht zum Opfer.

Dafür traf es einen Tag später eine hochschwangere junge Frau. Kirsten Sager. Und was sich – rot und noch restwarm, weil frisch gezapft – auf ihrem Körper verteilte, war keine Farbe ...

„Dort vorn läuft er!", schrie jemand.

Aus allen Richtungen strömten die Menschen herbei, um der auf dem eisigen Pflaster liegenden Schwangeren zu helfen. Nur einer entfernte sich rasch vom Tatort: Knecht Ruprecht.

Stadlmayr und Mäckler, die sich gerade im Stehcafé an der Ecke eine Kaffeepause gegönnt hatten, beobachteten den Angriff auf die Schwangere zufällig von Weitem.

Mäckler rannte sofort los.

Stadlmayr zahlte erst mal die beiden Kaffee und seinen Dresdner Stollen.

Der Flüchtende hatte einen beträchtlichen Vorsprung, aber Mäckler spielte in seiner Fußballmannschaft nicht umsonst im Sturm. Wie ein Tornado fegte er voran und holte rasch auf.

„Stehen bleiben!", gellte er und gewann weitere kostbare Meter.

Knecht Ruprecht sah nur kurz über seine Schulter und bog rasant in einen Parkhauseingang.

„Du entwischst mir nicht!", schrie Mäckler, rannte hinterher und warf sich mit einem Hechtsprung auf den Flüchtenden.

Leider daneben.

„Ochsenblut", erklärte Kirsten Sager genervt, „das ist Ochsenblut. Mir geht's gut!"

Die Menschenmenge seufzte. Es klang nach einer Mischung aus Erleichterung und Enttäuschung.

Der Notarzt half Frau Sager auf die Beine. „Die Herztöne des Kindes sind einwandfrei", versicherte er ihr.

„Ja, das merk ich selber", fauchte sie.

Der Paintballer hatte danebengeschossen und sie gar nicht erwischt. Sie war nur vor Schreck auf dem eisglatten Pflaster ausgerutscht und auf ihre Einkaufstüte gefallen, deren Inhalt sich gänzlich über sie verteilt hatte.

Vorweihnachtszeit, Megastresszeit. Kirsten Sager hatte mit dem frischen Ochsenblut ihre berühmte Weihnachtsblutwurst mit Kartoffelsalat machen wollen. Nicht erst wieder auf den letzten Drücker wie in den letzten vier Jahren. Aber nun würde sie neues Ochsenblut bestellen müssen, denn das hatte ihr Metzger normalerweise nicht auf Lager. Blöd, dabei war sie bis eben noch bester Laune gewesen. Sie hatte auf dem Heimweg gesungen, und ihr Ungeborenes hatte dazu, das hatte sie deutlich gespürt, mit den Füßen im Takt getreten.

„Ich geh dann jetzt, oder brauchen Sie mich noch?"

Kommissar Stadlmayr schüttelte den Kopf. „Falls Ihnen noch was zum Täter einfällt, rufen Sie mich an." Er gab ihr seine Visitenkarte.

„Was soll mir da noch einfallen? Er sah aus wie Knecht Ruprecht." Sie stapfte davon.

„Chef", rief es da aus einem Streifenwagen. „Chef! Er hat schon wieder zugeschlagen. Drüben an der Brücke."

Stadlmayr setzte sich schnaufend in Bewegung.

Man sah es schon von Weitem. Ein am Boden liegendes Kind, über und über in Rot. Stadlmayr hoffte von ganzem Herzen, dass es sich nur um Paintballfarbe handelte.

Mitten auf der Fußgängerbrücke rannte Knecht Ruprecht mit wehendem Bart, während unter ihm dicke Eisschollen auf dem Fluss trieben.

Stadlmayr wäre gern schneller gelaufen, aber das ließen die bösen überflüssigen Kilos nicht zu. Jetzt hätte er Mäckler gebrauchen können, aber der lag – gar nicht so weit entfernt – auf dem ölverschmierten Boden eines Parkhauses und hielt sich stöhnend seine Schulter, die er sich beim Sturz ausgekugelt hatte.

Doch Stadlmayr war ja nicht allein.

Zwei beherzte Bürger und ein zufällig anwesender Beamter der Mordkommission beim Weihnachtseinkauf setzten Knecht Ruprecht über die Brücke nach.

Weit abgeschlagen folgte Kommissar Stadlmayr.

Aus den Augenwinkeln sah er noch, wie sich das Kind fluchend und heulend erhob. Offenbar hatten seine Kopfhörer bei dem Angriff irreparablen Schaden erlitten.

Stadlmayr und die drei Aufrechten rannten weiter.

Auf der anderen Brückenseite schlossen sich ihnen noch die beiden Beamten aus dem Streifenwagen an, die einen Umweg gefahren waren.

Die sechs verfolgten Knecht Ruprecht im Slalom durch die Haupteinkaufsstraße, bogen dann links ab, liefen zunächst am Rathaus vorbei und dann scharf nach rechts in Richtung Kirche.

Unterwegs stieß einer von ihnen mit einer Gruppe Weihnachtsmarkttouristen zusammen. Honigkerzen, Glühweintassen und Weihnachtskugeln flogen durch die Luft. Die anderen rannten ohne ihn weiter.

Kurz vor dem Marktplatz war es dann so weit. Der Kollege von der Mordkommission – in seiner Freizeit begeisterter Marathonläufer – warf sich mit einem Kampfschrei auf den mittlerweile heftig keuchenden

Täter, wobei er mehr Erfolg hatte als Kollege Mäckler. Er und Knecht Ruprecht gingen zu Boden.

Die Streifenbeamten und der übrig gebliebene Bürger warfen sich auf die beiden. Es gab ein wildes Gerangel, dann kehrte Ruhe in das Menschenknäuel ein.

„Ich halte das nicht mehr aus! Lasst mich hier raus!", schrie Knecht Ruprecht und hämmerte mit den Fäusten gegen die Wand des Verhörraums.

„Der ist ja völlig durchgeknallt", meinte Mäckler. Die Schulter war wieder eingekugelt, der Arm ruhiggestellt, und er saß mit einer Tasse dampfendem alkoholfreiem Glühwein neben Stadlmayr am Metalltisch des Verhörraums und schüttelte den Kopf. „He, beruhigen Sie sich!"

Knecht Ruprecht – alias Manfred Plautz, laut seinem Personalausweis 34 Jahre alt, derzeit für eine Verleih-Agentur tätig, die alles rund um Weihnachten anbot (Weihnachtsmänner, Elfen, Christkinder und eben Ruprechtknechte) – beruhigte sich nicht.

„Stopft dem Kerl das Maul! Ich kann's nicht mehr hören!", brüllte er.

„He!", brüllte nun auch Mäckler. „Ich bin kein *Kerl*. Für Sie immer noch Kriminalassistent Mäckler, bitte schön!"

Stadlmayr seufzte. Er zog sein Handy aus der Jackentasche und drückte die Kurzwahlnummer seiner Sekretärin.

„Du, Biggi, sorg mal bitte dafür, dass die Musik aufhört. Nur kurz."

Auf Befehl von ganz oben, dem Ort, wo alle dummen Weisungen herkamen, berieselte leise Weihnachtsmusik das gesamte Polizeirevier in den Tagen bis zum

Fest. Angeblich hatte eine Studie nachgewiesen, dass selbst eiskalte Verbrecher zu dümmlich lächelnden Lämmern wurden, wenn sie *O du fröhliche* vom Band hörten. Stadlmayr fand das hochgradig albern.

Gleich darauf setzte Ruhe ein.

Knecht Ruprecht hörte mit dem Fausthämmern auf. Erschöpft ließ er sich auf einen Stuhl sinken.

Stadlmayr hatte einen Verdacht. „Mäckler", sagte er. „Singen Sie mal *Last Christmas*."

„Wie bitte?" Mäckler hob eine Augenbraue.

„*Last Christmas* von Wham, los jetzt", befahl Stadlmayr.

Mäckler räusperte sich. „*Last Christmas I gave you my heart, but the very next day you gave it away. This year ...*"

Weiter kam er nicht.

Mit einem Schrei stürzte sich Knecht Ruprecht auf ihn. Die Glühweintasse flog durch die Luft.

Manfred Plautz kam mit einer Bewährungsstrafe davon, unter der Auflage, dass er sich einer Therapie unterzog. Er galt bislang als unbescholten. Das psychologische Gutachten, auf dem die Richterin bestanden hatte, wies ihn als einen unter Stress stehenden, ansonsten aber normalen Bürger aus, der lediglich unter einem ungewöhnlichen Trauma litt: Er konnte *Last Christmas* von Wham nicht mehr hören. Das war für ihn wie ein Trigger. Jeder, der *Last Christmas* sang oder summte oder mit den Fingern auf eine resonierende Oberfläche trommelte, musste von ihm zwanghaft zum Schweigen gebracht werden. Plautz versprach, sich nicht nur in Therapie zu begeben, sondern auch so lange zu sparen, bis er sich über die Weihnachtszeit an einen Ort absetzen konnte, wo man *Last Christmas* nicht zu hören bekam. Er dachte dabei an die Arabische Halbinsel. Besser noch die Wüste Gobi.

In der Stadt kehrte Friede ein.

Die Lokalzeitung feierte den Triumph der polizeilichen Ermittlungen jedoch nicht, ganz im Gegenteil. *TATVERDÄCHTIGER GEFOLTERT!*, lautete die Schlagzeile und darunter: *Der mutmaßliche Paintballtäter wurde von Kriminalassistent Lennart M. mit dem bekannten Weihnachtssong Last Christmas auditiv gefoltert. Wie aus verlässlichen Kreisen zu erfahren war, wird der Tätverdächtige eine Klage anstreben. Lesen Sie weiter auf Seite 10.*

Als Mäckler das las und seine Karriereaussichten wie die Eisschollen auf dem Fluss davontreiben sah, bohrte er sich wie Rumpelstilzchen in den Linoleumboden des Reviers.

Kommissar Stadlmayr lächelte fein.

Sackzement!

Das lange gehütete Geheimnis der Weihnachtsmannsäcke wird enthütet

Feliz Navidad

> *I'm dreaming of a white Christmas*
> *With every Christmas card I write*
> *May your days be merry and bright*
> *And may all your Christmases be white*

„Zentrale an Wagen 04: Mögliches Kapitelverbrechen in der Kerfengasse."

„Wie? *Möglich*?"

„Schaut's euch halt an."

PO Bogertz und PO Knapp gaben Gas. Also, Knapp gab Gas, denn heute war sein Tag am Steuer. Das kleine Glöckchen, das sie sich vorschriftswidrig, aber festlich an den Rückspiegel gehängt hatten, bimmelte.

Als ihr Streifenwagen kurz darauf – die Wege in einer Kleinstadt sind nie lang – in der Haalstraße zum Halten kam, weil die Kerfengasse – im Mittelalter von Stadtplanern entworfen, die eine Pferdebreite für aus-

reichend hielten – zu schmal für vierrädrige Kraftfahr-
zeuge jeder Art war, sahen sie trotz der eisig kalten frühen Morgenstunde im Licht der Laternen schon eine
kleine Gruppe Schaulustiger.

„Zurücktreten, bitte", ordnete Bogertz an und schaute durch die Atemwolke, die aus seinem Mund aufstieg,
auf die Vermummten, die aber nicht verdächtig vermummt waren, sondern nur winterlich. Auf den ersten
Blick eine Zeitungsausträgerin auf dem Heimweg, ein
Frühaufsteher auf dem Weg zur Arbeit mit einer Bre-
zeltüte vom Bäcker, ein Straßenkehrer in Orange und
ein Jogger.

„Ich bin Arzt", sagte der Jogger, einer dieser hageren
Extremsportler, die – mehrlagig gekleidet – bei jeder
Witterung zwanghaft ihre Körper malträtieren mussten.
„Der Notruf stammt von mir." Er zeigte mit dem Finger
auf die Pflastersteine der engen Gasse.

Bogertz und Knapp, die sich nach all den öden Strei-
fenfahrten, in denen sie nur Betrunkene zur Räson
bringen oder Radarfallen für Zuschnellfahrer beauf-
sichtigen mussten, ein wirklich saftiges Kapitalverbre-
chen, also einen schweren Raub oder eine vorsätzliche
schwere Körperverletzung oder – hossa! – sogar einen
Mord erhofft hatten, starrten verständnislos aufs Pflaster.

Das Pflaster sah fleckig aus. Ja und? Hatte eben jemand seine Kehrwoche nicht gemacht.

Der joggende Arzt wurde ungeduldig. „Sehen Sie
das denn nicht?"

Bogertz und Knapp schüttelten den Kopf.

„Das ist Blut!"

Bogertz und Knapp blieben die Ruhe in Person,
nicht, weil sie so unerschütterlich gewesen wären, sondern weil sich nur zwei Gassen weiter eine Innenstadt-

Disco befand, vor deren Türen es ständig irgendwelche Raufereien gab. Dann war eben ein Betrunkener mit blutender Nase auf dem Weg nach Hause torkelnd hier vorbeigekommen. Ja und?

Der Arzt hob die Augenbrauen.

„Hier gibt es nur zwei Gassen weiter eine Disco, vor der es ständig irgendwelche Raufereien gibt. Dann ist eben ein Betrunkener mit blutender Nase auf dem Heimweg hier vorbeigekommen", sagte Knapp, weil Bogertz nie was sagte und der Arzt sichtlich auf eine Reaktion wartete und nicht Gedanken lesen konnte.

„Meine Herren", erklärte der Mediziner von oben herab, obwohl sowohl Knapp als auch Bogertz einen guten Kopf größer waren als er, „das ist kein Blutfleck, das ist eine Blutlache. Schätzungsweise drei bis vier Liter. Und wer immer sie hinterlassen hat, ist jetzt tot!"

Wonderful Christmastime

Manfred Gelbhaar, der Leiter der Spurensicherung, machte Bogertz und Knapp keinen Vorwurf. „Sie sind ja noch jung und der Arzt hat früher in der Rechtsmedizin gearbeitet, der hatte wissenstechnisch einfach einen unfairen Vorsprung."

Bogertz und Knapp standen mit dampfenden Kaffeetassen neben ihrem Streifenwagen. Es war jetzt später Vormittag, und sie mussten dafür sorgen, dass die panischen Last-Minute-Weihnachtsshopper, die an diesem Heiligabendsamstag zuhauf durch die Straßen strömten, nicht in die Kerfengasse bogen, denn da sicherte das Team von Gelbhaar Spuren.

Die Situation stellte sich folgendermaßen dar: Es handelte sich tatsächlich um menschliches Blut. Blutgruppe null positiv. Da war jemand nach massiver Einwirkung auf den Körper ausgeblutet. Durch die leichte Schräglage der Gasse zum Fluss hin und aufgrund der Bepflasterung verlief das Blut und bildete keine zusammenhängende Lachenfläche. Gelbhaar hätte das den beiden nicht erklären müssen, das tat er sonst auch nie, aber es war Weihnachten, und Bogertz und Knapp hatten ihm lecker Cappuccino aus der Bäckerei besorgt, das stimmte ihn wohlgefällig gegenüber der Menschheit im Allgemeinen und diesen beiden jungen Polizeiobermeistern im Besonderen. So viel Wohlgefallen hatten die Kollegen von der Mordkommission, die nun die Ermittlungen aufnahmen, nicht. Offenbar hatte man vor einer halben Stunde wichtige Hinweise auf den oder die noch unbekannten Täter gefunden, aber ihnen, den schlichten Streifenbeamten, sagte keiner was.

„He, Sie!", rief einer der Kommissare in Zivil. Und „Ja, Sie", als Bogertz und Knapp sich zu ihm umdrehten. „Wir brauchen Sie."

„Geil", flüsterte Knapp und strahlte über alle vier Backen. Das bisherige Highlight seines Berufslebens war die fußläufige Verfolgung eines stadtbekannten Kiffers, den er dingfest machen und im Zuge dessen 500 Gramm Marihuana sicherstellen konnte. Aber jetzt zeichnete sich Großes am Horizont ab. Die Suche nach einem Mörder!

Knapp schob Bogertz beiseite. Ja, sie waren Kollegen, und ja, in amerikanischen Fernsehserien schweißte das die unterschiedlichsten Typen zusammen, aber das Leben in einer süddeutschen Kleinstadt war nun einmal keine US-Fernsehserie, und er, Knapp, wollte nicht den Rest seines Lebens Streife fahren. Es konnte nur einer von ihnen beiden befördert werden, das wollte er sein, komme, was wolle. „Ja?", fragte er dienstbeflissen.

Der Ermittler in Zivil zog einen Fünf-Euro-Schein aus seiner Jeanstasche. „Zwei Kaffee, schwarz. Aber pronto, bitte."

Mordlust flackerte in Knapps Augen auf. Er würde zum Abreagieren nach Dienstschluss ewig lange auf seinen Boxsack einschlagen müssen …

Let it snow, let it snow, let it snow

„Herr Kollege, hierher!"

Bogertz, der zum Gassenbewachen zurückgeblieben war, während Knapp Kaffee holte, wurde vom leitenden Ermittler Heiner Hörtz zu sich gewunken.

„Also gut, ich erkläre es Ihnen kurz. Wir haben es hier mit einer Gewalttat zu tun, höchstwahrscheinlich einem Tötungsdelikt. Die Spuren am Tatort, teilweise sogar im Blut, waren eindeutig. Weiße Kunstfasern, wie man sie in Weihnachtsmannbärten findet, und Jutefäden aus einem Weihnachtsmannsack. Ich leite gleich eine Fahndung nach sämtlichen Weihnachtsmännern der Stadt ein. Die Spurensicherung ist hier fertig, aber dennoch möchte ich, dass Sie und Ihr Kollege die Stellung halten. Klar?"

Mittlerweile nahm der Schneefall zusehends an Intensität zu. Ermittler Hörtz, ein korpulenter Mittfünfziger, der schon eine geraume Weile reglos wie eine Eins dastand und sich von seinen Untergebenen berichten ließ, sah immer mehr wie ein Schneemann aus.

Aus Bogertz wollte sich ein „Aber!" herausschälen – aber hier muss doch nichts mehr bewacht werden, aber wir könnten doch helfen, aber wir kennen hier so gut wie alle Weihnachtsmänner in der Stadt –, doch er hatte es nicht so mit dem Reden.

Here comes Santa Claus

In der Agentur für Arbeit waren 22 Weihnachtsmänner gemeldet, alle gerade im Einsatz. Nachdem Chefermittler Hörtz sich den Schnee vom Leib geschüttelt hatte, zog er mit seinen Kollegen zur Überprüfung der verdächtigen Santas los.

„Bart runter und Sack her", lautete die Devise. Mit Schwarzlicht-Strahlern wurden die Verdächtigen auf Blutspritzer untersucht. Das lief nicht immer reibungslos ab.

„Hören Sie mal, was soll denn das?", empörte sich die Leiterin der Stadtbibliothek, als die Spürhunde von Hörtz die Vorlesestunde für Sieben- bis Zehnjährige, die von ihren shoppenden Eltern vorübergehend in der Obhut der Bücherei gelassen worden waren, regelrecht stürmten, weil sie von der Tür aus sahen, dass der Sack des Santas rot war. Blutrot! Kinder schrien, Bibliothekarinnen echauffierten sich, draußen vor der Tür bellte ein Hund, der Weihnachtsmann infarktete. Ja, in der Tat, Herzinfarkt. Nur ein leichter, und Roland Maus (67), Kiwani-Mitglied und seit dreißig Jahren immer an Weihnachten ehrenhalber unterwegs, erholte sich auch bald darauf wieder, aber dennoch bekamen Böck und Berger eine Anzeige wegen Polizeibrutalität. Unnötig zu sagen, dass der Sack von Roland Maus nur deshalb rot war, weil er bereits rot ab Firma geliefert worden war. Die Ermittler fanden darin nur pädagogisch wertvolle Kinderliteratur, Schokoriegel und die Autoschlüssel von Maus.

Bei 20 von den 21 anderen Weihnachtsmännern ging es nicht ganz so spektakulär zu, wiewohl die Kollegen von Böck und Berger bei der Dingfestmachung eines flüchtigen Weihnachtsmannes – sie hatten ihn vor einem Glühweinstand angesprochen und er hatte sich daraufhin slalomlaufend durch die Menge der Weihnachtsmarktbesucher flüchtend davonschlängeln wollen – etwas außer Atem kamen. Aber auch der Flucht-Santa wies keine Blutspuren auf, und in seinem Sack fanden sich nur Geldbörsen, Mobiltelefone und diverse Armbanduhren. Der Santa war ein Taschendieb, aber kein Mörder.

Heiligabend schritt zügig voran, aber Chefermittler Hörtz war nicht zufrieden. In den Säcken der Weihnachtsmänner, in denen er zu gern abgetrennte und filetierte Körperteile gefunden hätte, befanden sich nur mehr oder weniger geistreiche Geschenke – Krawatten, Barbie-Puppen, PC-Spiele, Malbücher, Lego-Bausätze.

Mist!

Jetzt fehlte nur noch einer. Der sollte um 19 Uhr im evangelischen Familiengottesdienst der Stadtkirche die Kinderbibel- und Konfirmandengruppe beschenken. Er hieß Walter Scheffel und hatte noch nicht ausfindig gemacht werden können. Hörtz seufzte.

All I Want for Christmas

Knapp schmollte.

Allerdings nicht schweigend, was Bogertz bevorzugt hätte.

„Du hättest ruhig was sagen können", beschwerte sich Knapp. „Du hättest sagen können, dass wir mit unserer Vor-Ort-Kenne unverzichtbar sind bei den Ermittlungen. Die hätten uns in die Befragung der verdächtigen Weihnachtsmänner inkludieren sollen!"

Bogertz schürzte die Lippen und nickte. Ja, das hätte er tun sollen.

In der Zwischenzeit war es 18 Uhr und es herrschte tote Hose. Die Folie über den Blutspuren im Pflaster lag unter zentimeterdickem Neuschnee, und sämtliche Kleinstadtbewohner schienen zu Hause bei ihren Lieben zu sein. Aus manchen Wohnungen waren Weihnachtslieder zu hören, im Wokman-Imbiss um die Ecke stritten sich zwei Wokmänner in ihrer Landessprache. Vorhin hatten sich Knapp und Bogertz dort noch mit Huhn süß-sauer versorgen wollen, waren aber zu spät gekommen. Die Küche war schon kalt.

Sie schoben eine Doppelschicht. Der Sachverständige für Blutspritzer, der aus der Landeshauptstadt kommen sollte, kam und kam einfach nicht. Steckte vermutlich irgendwo im Schneetreiben fest. Der musste sich aber das Spritzmuster noch ansehen, bevor sie ihren Posten verlassen durften. Chefermittler Hörtz erhoffte sich Hinweise auf den Verbleib der Leiche. Oder auf die Mordwaffe.

Bogertz fror. Knapp fror nicht, der hatte sich ja auch in Rage geredet. Bogertz hatte tierischen Hunger. In der Luft lag der betörende Duft von ... tja, von was? Es roch fischig. Bogertz schnüffelte in der Winterluft wie ein Trüffelschwein. Von wo kam der Duft?

„Es gibt da draußen mindestens noch zwei Weihnachtsmänner, die auf eigene Faust unterwegs sind. Du weißt, wen ich meine, der dauerarbeitslose Ex-Stadtgärtner und dieser dämliche Nörgelrentner", schimpfte Knapp, den es in den Fingern juckte, an diesem Heiligen Abend noch irgendwem Handschellen überzustreifen.

Bogertz wusste, von wem Knapp sprach, aber der Gärtner war ein hingebungsvoller Blumenstreichler, kein Killer, und der Rentner war nur große Klappe, nichts dahinter. Die hatten niemand umgebracht, da war er sicher.

Also, das roch doch auch zwiebelig? Und ingwerig? Und curryig? Der Pawlowsche Sabbereffekt setzte bei Bogertz ein. Hunger!

„Ob die uns was abgeben? Ist doch schließlich Weihnachten?", dachte es in Bogertz. Das heißt, er wollte es nur denken, aber der Hunger trieb seine Stimmbänder dazu, es laut auszusprechen. Nicht so laut wie das Knurren seines Magens, das in diesem Moment neue Dezibelhöhen erreichte, aber laut genug, dass Knapp es hörte.

Knapp stutzte. Wenn Bogertz was sagte, dann war das ein Jahrhundertereignis. „Was?"

„Wir könnten doch die Anwohner nochmal befragen", schlug Bogertz vor. Mit dem Hintergedanken, in der Wohnung, aus der es so lecker duftete, mit treuen Dackelaugen um eine milde Tupperdosengabe zu bitten. Die Anwohner waren selbstverständlich am Morgen befragt worden, ob sie etwas gesehen oder gehört hatten, das hatten jedoch alle verneint. Es gab keinen Grund, sie erneut zu belästigen. Zumal an Heiligabend. Aber erst kommt der Magen, dann die Moral.

„Ich klingele mal da drüben." Bogertz stapfte los. Knapp hinterher.

Bogertz hatte einen Grund, warum er das windschiefe Fachwerkhaus ansteuerte. Da standen seit einer Weile zwei Fenster offen, und er vermutete, dass der köstliche Duft von dort herübergewabert war. Die Eingangstür befand sich um die Ecke. Auf sein Klingeln hin öffnete eine dralle Brünette in einer geblümten Kittelschürze. Sie hielt einen Joghurtbecher in der Hand. „Ja?"

„Entschuldigung, wir haben noch ein paar Fragen. Dürfen wir hereinkommen?" Bogertz war ein Schlacks von Mann, riesengroß, aber mit Welpen-Charme. Die Frau bat ihn herein.

„Es geht um das Blut, nicht wahr? Wir haben heute Morgen schon unsere Aussage gemacht. Wir haben nichts gesehen. Und auch nichts gehört. Da hätt einer aber auch schon sehr laut schreien müssen, um das Schnarchen meines Mannes zu übertönen. Deswegen hab ich ja immer Ohrstöpsel drin."

Sie betraten die Wohnküche. Aus einem großen Reiskocher stiegen kleine Dampfwölkchen, in einer Pfanne schmurgelte ein Fisch. Das Bogertz'sche Magenknurren wurde lauter.

„Herrje, haben Sie Hunger?", fragte die Frau. „Bei uns gibt's reichlich, darf ich Ihnen was anbieten? Der Braten im Ofen ist gleich so weit. Wir haben auch Fisch, wenn Sie kein Fleisch essen."

JA, wollte Bogertz rufen, JA und nochmals JA! Aber da krallte sich plötzlich Kollege Knapp schmerzhaft in seinen Unterarm. Als Bogertz ihn ansah, wies er mit dem Kopf in Richtung Weihnachtsbaum.

Es war wohl gerade Bescherung gewesen. Drei hässliche Kinder saßen inmitten von Geschenkpapierschnipselbergen und spielten selbstvergessen. Eine Seniorin thronte mild lächelnd auf einem Thonet-Stuhl und strickte Socken. Ein weiblicher Teenager hing schmollend quer über einem Sessel und starrte auf einen schwarzen Fernsehbildschirm. Ein Brillenträger mittleren Alters hantierte mit einer Fernbedienung. Und mitten auf einem geblümten Sofa saß der Weihnachtsmann. Ein besonders kugelrunder Weihnachtsmann mit einem üppigen weißen Bart, an dem jedoch unten links ein Büschel Kunsthaar zu fehlen schien. Und neben dem Sofa lag sein Sack. Ein brauner Jutesack ... mit roten Flecken ...

Bogertz und Knapp warfen sich einen bedeutungsschwangeren Blick zu. Knapp fing förmlich an zu hecheln, aber selbst er wusste, dass man jetzt mit Bedacht vorgehen musste. Zumal sie in der Minderheit waren. Nein, die Kinder, das Ehepaar, die Greisin und den adipösen Santa hätten sie zu zweit mühelos überwältigt, aber zwischen Weihnachtsbaum und Breitbildfernsehen standen vier groß gewachsene, breitschultrige, durchtrainierte Männer. Mit üblen Gesichtern, wie mit einem Buttermesser aus Fleischkäse geschnitzt. Sie sahen aus wie zu allem bereite osteuropäische Schläger.

„Oder ich schmiere Ihnen einfach eine Stulle?", schlug die Kittelschürzenfrau vor. „Ich seh Ihnen doch an, dass Sie Hunger haben. Ehrlich, wir haben Braten ohne Ende. Das reicht locker für Sie mit." Sie lächelte.

Bogertz und Knapp sahen zum Backofen. Was mochte das für Fleisch sein?

Schritt für Schritt näherten sie sich rückwärts der Tür.

„Danke", sagte Knapp, „nicht im Dienst. Wir wollten uns nur vergewissern, dass Sie nichts gesehen haben, haben Sie aber nicht, also gehen wir wieder. Entschuldigen Sie die Störung."

Zack! – waren Bogertz und Knapp auch schon draußen auf der Gasse und sprinteten zu ihrem Streifenwagen.

God Rest Ye Merry Gentlemen

„Zugriff!", röhrte Hörtz.

Das Glück begünstigt immer den unternehmungslustigen Geist, so hatte sich Hörtz die unerwartete Wendung des Falles erklärt. Gut, dass die beiden Kollegen von der Streife Eigeninitiative gezeigt hatten. Es machte ja auch Sinn, dass die Leiche in unmittelbarer

Nähe zum Blut versteckt worden war. Das Sondereinsatzkommando war trotz des Schneetreibens auf der Autobahn in Rekordzeit aus der nächsten großen Kreisstadt gekommen. Die Männer in ihren Kampfuniformen waren alle nicht glücklich über diesen Einsatz am Heiligabend. Wenn schon nicht daheim bei den Lieben, dann wollten sie doch wenigstens gemütlich in der Einsatzzentrale beisammensitzen und alkoholfreien Eierpunsch trinken. Aber nein, irgendein verrückter Weihnachtsmann hatte sich mit seinen vier Schläger-Elfen an einem unschuldigen Kleinstädter vergriffen, um ihn sich nun kannibalistisch zu Gemüte zu führen. Der Kommandotrupp würde keine Gnade walten lassen.

„Zugriff!", röhrte Hörtz erneut.

Die Haustür wurde aufgetreten, eine Blendgranate erhellte die Nacht, Kinder schrien, ein Hund bellte.

Bogertz und Knapp mussten draußen warten. Und so bekamen sie das Stillleben nicht mit, das sich dem Sondereinsatzkommando Sekundenbruchteile später, als das Gleißen der Granate erlosch, bot.

Familie Waller an Heiligabend. Oma Waller, die für eine Benefiz-Aktion des Diakoniekrankenhauses Socken strickte, Herbert Waller, dem die Fernbedienung aus der Hand gefallen war, Annemarie Waller, die den Joghurtbecher hatte fallen lassen, die Waller-Drillinge, die mit nassgepullerten Windeln unter dem Baum erstarrt waren, Luzie Waller, die mit ihrem iPhone ein Foto vom Kommandotrupp schoss und sofort an ihre Freundinnen schickte, Opa Waller, der auf der Couch eingeschlafen war, und die vier Hünen, die mit Blockflöten in ihren wurstigen, übergroßen Händen mitten im „Vom Himmel hoch, da komm ich her"-Blasen überrascht worden waren.

Bogertz und Knapp erfuhren erst hinterher, dass die Überprüfung des Jutesackes deutliche Reste von rotem Nagellack zeigte. Deswegen hatte Luzie Waller auch geschmollt, weil der Opa ihre Auswahl an angesagten Nagellacken geschrottet hatte. Die vier Hünen mit den Blockflöten waren keine osteuropäischen Schläger, sondern die Waller-Buben, die in ihrer Freizeit dem Box- bzw. Ringersport nachgingen. Und der Braten im Ofen war Rind. Der Fisch in der Pfanne wäre Pangasius gewesen, aber er war während des Zugriffs verkokelt. Es hätte Kedgeree geben sollen, kein sehr typisches Weihnachtsgericht, aber Herbert und Annemarie Waller hatten sich in einem indischen Ashram während eines Tantra-Workshops kennengelernt und das hatte kulinarische Spuren hinterlassen. Und Kinder-Spuren. Neun insgesamt, das Baby lag im Schlafzimmer in der Krippe und bekam Gott sei Dank von diesem völlig vergeigten Zugriff nichts mit.

„Das wird ein Nachspiel haben", brummte Hörtz, als das Sondereinsatzkommando in den Mannschaftswagen stieg. Er brummte es Bogertz und Knapp zu. Die beiden seufzten.

Und in fünfhundert Metern Luftlinie verließ Walter Scheffel die Stadtkirche. Es war ein schöner Gottesdienst gewesen. Strahlende Kinderaugen, glückliche Elternaugen, ein beseelt lächelnder Pfarrer. Scheffel nahm seinen Weihnachtsmannbart ab, auf den er allergisch reagierte. Das Jucken hatte ihn fast verrückt gemacht. Es war ein langer Tag gewesen. Und er war noch nicht vorbei. Scheffel steckte mitten im Umzug. Zum ersten Januar trat er seine neue Stelle an. Da er ohne Anhang war, würde er den heutigen Abend nutzen, um die restlichen Kartons zu packen. Er öffnete den Kofferraum und warf den Bart hinein. Der landete auf dem prall gefüllten Sack. Ach ja, dachte Scheffel, und dann muss ich ja noch die tote Nutte entsorgen. Na, das hat noch Zeit. Ist ja kalt, da hält sie noch eine Weile.

Er hob sein Gesicht den Schneeflocken entgegen, die leise auf ihn herabrieselten.

„Fröhliche Weihnachten", rief der Pfarrer, der mit hochgeschlagenem Mantelkragen an ihm vorbei zum Dekanat lief.

„Fröhliche Weihnachten!", rief Scheffel.

1A Steinbacher Schlickleiche zum Fest

Gewässersteckbrief

Name: _Steinbacher See (Stausee) bei Schwäbisch Hall_

Größe: _ca. acht Hektar_

Tiefe: _max. vier Meter_

Fischereirechtliche Nutzung: _Angelgewässer_

Verein: _Fischzuchtverein Schwäbisch Hall_

Gemeldete Fischarten: _Döbel, Gründling, Hecht, Wels_

1. Weihnachten, wie man es seinem ärgsten Feind nicht wünscht

Eisfischen.

Da denkt man doch spontan an die Ostsee und an riesige Eisschollen, die irgendwann – mit den Anglern obenauf – abdriften, woraufhin Bundeswehrhubschrauber und -schnellboote die tiefgefrorenen Angler unter großem Medien-Auftrieb vor den in Richtung Pol treibenden Schollen retten müssen. Aber es geht auch anders.

Als Wilfried Teininger an diesem Sonntag auf dem kleinen Steinbacher See in der Nähe des idyllischen süddeutschen Städtchens Schwäbisch Hall ungefähr in der Seemitte mit der Stichsäge eine übermannsbreite, kreisrunde Öffnung in das Eis bohrte, schaute niemand zu – kein Passant, für die war es viel zu früh am Tag und auch zu kalt, und schon gar keine Medien. Und wenn ihn doch jemand gesehen hätte, er hätte verständnislos den Kopf geschüttelt. Eisfischen auf dem Steinbacher See! Unerhört, weil noch nie da gewesen. Andererseits auch wieder einleuchtend logisch, weil man – selbst wenn sich eine Eisscholle abreißen sollte – nirgendwohin abgetrieben werden konnte. Fand zumindest Wilfried Teininger.

Wilfried Teininger war begeisterter Ganzjahresangler, und was er sich in den Kopf setzte, das führte er auch durch. Uferangeln war gestern. Heute angelte er Aug in Aug mit der Gefahr auf der zugefrorenen Seemitte. Er klappte seinen Klappstuhl auf und warf die Angel aus.

Es war zwar nicht der kälteste Winter seit Menschengedenken, aber schon verdammt kalt. So kalt, dass die Eisschicht auf dem See selbst einen stattlichen Kerl (wahlweise adipösen Fettklops, je nach Freundschafts- bzw. Feindschaftsgrad) wie Wilfried Teininger problemlos trug. Wilfried hatte sich in mehrere atmungsaktive Lagen Stoff gehüllt, was seine Windschnittigkeit nicht gerade erhöhte, aber seine Körpertemperatur stabil hielt. Außerdem hatte er sich mit drei Thermoskannen Brühe ausgestattet. Der Tag konnte kommen!

Leise rieselte der Schnee. Auf der anderen Seeseite fuhren die ersten Frühaufsteher mit dem Auto zum Bäcker.

Nichts biss an. Hätte Wilfried Teininger vor seiner Pensionierung nicht als Schließer in der Schwäbisch Haller Vollzugsanstalt gearbeitet, er hätte auch als lebende Skulptur in der Fußgängerzone sein Auskommen finden können: Fast zwei Stunden lang rührte sich an ihm nichts. Kein Muskel und schon gar keine Extremität. Völlige Reglosigkeit. Sein Geheimnis war, dass er – innerlich, also lautlos – Weihnachtslieder summte. Eigentlich nur *O Tannenbaum, o Tannenbaum* in Endlosschleife, denn das war das einzige Lied, dessen Text er komplett kannte, da summte es sich dann auch leichter.

Als auf seiner Wollmütze schon ein recht ansehnliches Schneehäubchen thronte und Wilfried Teininger gerade nach seiner Lieblingsthermoskanne greifen wollte und die Angel dabei um zwei Zentimeter nach rechts rutschte, spürte er plötzlich: Er hatte etwas am Haken!

Man kann einem Nicht-Angler nicht beschreiben, welch ein Rausch an Glückshormonen in einem solchen Moment tsunamigleich durch den Blutkreislauf schießt. Wilfried Teininger wollte nicht spekulieren, was er da an der Angel hatte, er holte sie einfach ein. Was nicht ganz mühelos gelang. Es musste ein ordentlicher Brocken sein. Seine Atemwölkchendichte erhöhte sich rapide, erinnerte zunehmend an eine Dampflok. Und da zog er auch schon seinen Fang aus der eisigen Tiefe des Steinbacher Sees.

Es war ein halbhoher, ehemals zweifellos camelfarbener, jetzt matschbraungrauer Männerstiefel mit offener Schnürung.

Und einem menschlichen Fuß darin ...

2. Weihnachten – das Übliche

Der Laie stellt sich das höchst einfach vor: Die Mordkommission findet heraus, dass eine Leiche in einen See geworfen wurde. Dann kommen mal eben schnell die Polizeitaucher, der Tote wird aus dem Wasser gefischt, fertig. Inklusive Anfahrt, Suchen, Bergen, Rückfahrt und anschließendem Schreibkram geht dafür maximal ein Arbeitstag drauf. Aber so dramaturgisch reibungslos verläuft das echte Leben nicht. Nie. Und schon gar nicht an Heiligabend.

„Das ist bestimmt der Vermisste!", hatte sich Kommissar Nägele gefreut, als ihm die Kunde von dem Fuß zugetragen worden war, während er gerade das unsägliche Geschenk vom Abteilungs-Wichteln am Vorabend in seinem Papierkorb entsorgt hatte.

Damit bezog Nägele sich auf einen „Fall ohne Leiche". Ein Stuttgarter Autohändler war im Spätherbst verschwunden. Mitsamt seinen erklecklichen Ersparnissen. Und seinem Golf. Also, nicht *seinem* Golf, er persönlich fuhr Porsche, sondern dem Golf seiner Sekretärin. Wagen und Autohändler blieben spurlos verschwunden. In der Wohnung des Ehemannes besagter Sekretärin entdeckte eine aufmerksame Streifenbeamtin, die eigentlich nur Routine-Fragen stellen sollte, dass ein blutverschmierter Herrenhemdärmel aus dem Wäschekorb hing. Das Blut wurde analysiert und stellte sich als das Blut des Autohändlers heraus. Der Ehemann der Sekretärin, die auf Nachfrage schulterzuckend eine Affäre mit ihrem Chef bestätigte und auch einräumte, dass er seine Konten geplündert hatte, um mit ihr durchzubrennen und in Brasilien völlig neu anzufangen, wurde festgenommen, schwieg sich aber aus. Im Zuge der Ermittlungen fand die SoKo heraus, dass eine Überwachungskamera den Golf an einer Tankstelle im westlichen Industriegebiet von Schwäbisch Hall gefilmt hatte, der Fahrer war jedoch nicht eindeutig zu identifizieren. Das war das Blöde an besonders strengen Wintern, in denen es schon Anfang Dezember anfing und seitdem nicht aufhörte, zu schneien und zu frieren, und das sowohl-als auch im Übermaß: Jeder lief bis über beide Ohren vermummt herum, nicht nur Bankräuber. Aber immerhin vermutete man den Autohändler von da an im Großraum Schwäbisch Hall. Tot oder lebendig. Also, wenn das sein Fuß war, dann wohl doch eher tot.

Und nun standen Kommissar Nägele, zwei seiner Mitarbeiter, zwei Vertreter der Wasserschutzpolizei und die drei Taucher der Technischen Einsatzeinheit, kurz TEE, vor dem Steinbacher See und schauten auf das Eis.

„Scheiße", maulte einer der Taucher und spuckte aus.

Keiner der Männer, und es handelte sich ausnahmslos um Männer, war gut drauf. Beim Bereitschaftsdienst an Heiligabend tatsächlich zu einem Einsatz vor Ort gerufen zu werden, war zwar theoretisch besser, als in der Dienststube Däumchen zu drehen und den geschmack-, geruch- und freudlosen Kinderglühwein der Abteilungssekretärin zu trinken, aber bei minus zwanzig Grad im Freien zu stehen, war qualitativ keine Verbesserung der Lage, höchstens beschäftigungstherapeutisch.

Nur Olaf Henkel von der Wasserschutzpolizei – dem schon kleine Eiszapfen im Schnauzbart hingen – strahlte buddhagleiche Gelassenheit aus. Er simste seinem Jüngsten Emoticons: grinsende Elche mit glimmenden Streichhölzern und Weihnachtsbäume, die in Flammen standen. Sein Kleiner begeisterte sich für so was.

Während sich Kommissar Nägele, seine Mitarbeiter und die Wasserschutzpolizisten – sowie Wilfried Teininger, der als ehemaliger Schließer ja quasi dazugehörte, wie er fand, und der die anderen konsequent mit „Kollege" anredete – den Arsch abfroren, zogen sich die Taucher an. Reine Routine. In nur fünfzehn Minuten war ein erfahrener Taucher fertig. Dann konnte er ins Wasser steigen – mit fünfzig Kilo Zusatzlast am Leib:

Atemluftflaschen, Maske mit Tauchertelefon, Flossen, Tauchanzug mit Bleigewichten. Taucher stiegen immer zu zweit ab, ein dritter blieb als Signalmann oben. Wobei oben in der Regel „im Boot" bedeutete, in diesem Fall aber „oben auf dem Eis".

Kommissar Nägele trank seinen dampfenden Kaffee aus einem mitgebrachten Thermosbecher und beobachtete den Signalmann. Als Laie hatte er nur diffuse Vorstellungen vom Grund eines Sees. Dokumentarfilmbilder aus den Öffentlich-Rechtlichen kamen ihm in den Sinn, er sah einen ebenen Boden vor sich, kleine Fische, die ihre possierlichen Spiele trieben im lichten, bunten Ozean. Aber der Steinbacher See war kein Ozean. Nicht einmal annähernd.

„Schlick!", rief der Signalmann in Richtung Ufer. Als ob das den Uferstehern irgendwas sagen würde.

Nur Wilfried Teininger wusste, was gemeint war. Er kannte seinen Steinbacher See. Der Boden war eine dicke Schicht aus ineinandergesogenen, verhakten, vermantschten Naturalien und Zivilisationsmüll. Und zudem war es da unten nachtschwarz. Das einzig Positive war, dass es keine Strömung gab.

Die Polizeitaucher taten, was sie konnten. Ein Sonar-Gerät der Uni Stuttgart ortete zwar alle möglichen Äste, aber den Rest der Leiche fand es ebenso wenig wie Spürhündin Carina, die eine Stunde später schnüffelnd über das Eis lief, bevor sie rasch wieder nach Hause ins Warme transportiert wurde. Nach dem zweiten Tauchgang wollten die Männer aufgeben. „Sinnlos", sagte Signalmann Behrends. „Da hilft nur abwarten, bis das Eis weggetaut ist, und dann mit dem Wurfanker im Boot mehrmals quer über den See."

„Ich glaub ja, der liegt weiter links, Herr Kollege", warf Wilfried Teininger ein, der immer noch hartnäckig vor Ort Stellung hielt. Schließlich hatte er den Stiefel mit dem Fuß eingeholt. Er hätte allerdings nicht gedacht, dass es so lange dauern würde, bis die Spezialisten aus Heilbronn und Stuttgart eintrafen, und dass besagte Spezialisten die Restleiche nicht schwuppdiwupp aus dem See hievten, aber er hatte ja seine heiße Brühe, die er sich diszipliniert einteilte, wie es ein Schiffbrüchiger auf einer einsamen Insel mit spärlichen Lebensmittelvorräten getan hätte. „Ja", wiederholte er nickend, „der liegt sicher weiter links."

„Ohne Strömung? Wie soll das denn gegangen sein?"

„Der See wurde in Teilen abgelassen, als es im November so furchtbar geregnet hat. Und meine erfahrene Anglernase sagt mir, dass der Tote deshalb mehr so links liegen müsste."

Die Männer schauten auf die Nase von Wilfried Teininger, eine Nase, die viel über den Alkoholkonsum des Anglers in langen, einsamen Winternächten aussagte. Unmissverständlich viel.

„Noch ein Versuch!", befahl Behrends trotzdem. „Mehr links."

Seine Männer ließen sich durch das Loch im Eis wieder ins Wasser. Es ging auf drei Uhr zu, bald würde es zappenduster sein, nicht nur unter dem Eis, sondern auch darüber.

Von fern und nah hörte man Kirchenglocken läuten. Der Moment, in dem aus einem scheinbar ganz gewöhnlichen Werktag ein magischer Feiertag wurde, rückte unaufhaltsam näher. Die aufrechten Bürger machten sich bereit, zu den Weihnachtsgottesdiensten zu pilgern. Andere aßen Plätzchen und tranken Heißgetränke und zappten sich durch das Feiertagsfernsehprogramm. Wieder andere feierten womöglich schon Bescherung. Nur die neun Männer auf und im Steinbacher See trotzten trotzig der Eiseskälte an diesem Tag, der nicht wie alle anderen Tage war. Selbst Wasserschutzpolizist Osman Yildirim, der einen türkischen Migrationshintergrund hatte und Muslim war, wäre jetzt lieber zu Hause bei seiner Familie gewesen und würde lecker essen und zum gefühlt fünfhundertsten Mal *Ist das Leben nicht schön?* anschauen. Und dann, als das Abenddämmergrau schon ansatzweise über ihnen hereinbrach und ganz kurz nachdem die Frau eines der wenigen Dauercamper auf dem angrenzenden Campingplatz ihnen einen Teller mit Stollen vorbeigebracht hatte, den alle im Nu verputzten, obwohl er scheußlich süß schmeckte, erst in diesem Moment war ihnen der heilige Antonius, der Schutzheilige der verlorenen Dinge, hold: Der Signalmann am Eisloch winkte. Zeichen dafür, dass die Taucher unten etwas gefunden hatten. Also, nicht irgendetwas, sondern Leichenteile.

Die Bergung war dann noch ein bisschen Quälerei, weil der Autohändler zwar zersägt und in Mülltüten gepackt worden war, aber die Mülltüten aufgeplatzt waren und sich mit Schlamm gefüllt hatten und seine Einzelteile immens aufgequollen waren, weshalb ja auch der Fuß mit dem Stiefel aufgrund der Gärgase Auftrieb erhalten hatte und an die Wasseroberfläche gestiegen war. Bis auf Nägele wurden bei der Aktion alle nass, aber am Ende hievten sie das, was von Rainer Rechberger übrig war, aus den Fluten des Steinbacher Sees.

Was sie nicht wussten: Sieben von ihnen würden drei Tage später wegen der lang andauernden Unterkühlung schwer vergrippen und deshalb die große Silvesterparty in der Landeshauptstadt verpassen, zu der der oberste Polizeipräsident verdiente Mitarbeiter eingeladen hatte, eine Party, die – da waren sich alle einig, die daran teilnahmen – zweifellos DIE Party des Jahrhunderts, ach was, des Jahrtausends war.

3. Weihnachten, wie es sein soll!

Gieslind und Roderich gingen jeden Abend, den der Herr werden ließ, zusammen spazieren, also auch an diesem Abend, dem heiligen. Was man als Seniorin gemeinhin als „Abend" bezeichnete. „Kurz vor dem Dunkelwerden" lautete Gieslinds Definition, denn dunkel war gleich Nacht und mithin nicht mehr Abend, und dunkel wurde es Ende Dezember eben um vier. Sie brachte den armen Polizisten, die an diesem Tag am See nach einem noch ärmeren Ermordeten suchen mussten, noch ihren selbstgemachten Stollen vorbei – „danke vielmals", sagte ein sehr höflicher, wohlerzogener junger Mann, der aussah wie ein islamistischer Terrorist mit olivfarbener Haut zwischen Mütze und Schal und buschigen Augenbrauen, die anderen Männer stopften den Stollen stumm in sich hinein –, dann stapfte sie mit Roderich weiter am See entlang.

Gieslind wollte – und wollte nicht – um 17 Uhr in den Familiengottesdienst, weil sie zwar so gern Kinderstimmen hörte, sie aber dadurch letztendlich immer schrecklich deprimiert war, da hinterher alle nach Hause zu ihren Familien gingen, nur sie nicht, sie hatte keine.

Na ja, sie hatte Roderich. Und Karl-Heinz. Aber der eine war eben doch nur ein Hund und der andere war ihr unleidlicher, ungepflegter, unliebenswerter Ehemann, der ihre gemeinsamen Ersparnisse verzockt hatte, weswegen sie ihr schmuckes Einfamilienhäuschen verkaufen und seitdem in einem Wohnwagen hausen mussten.

Und zur Weihnachtsfeier im Seniorenzentrum durfte sie Roderich nicht mitnehmen, weil Fräulein Schäpple gegen Hunde allergisch war. Blöde Schäpple! Für Gieslind würde es also in diesem Jahr kein Weihnachten geben.

Roderich zog an diesem Abend ordentlich an der Leine. Gieslind hatte gefunden, wenn ihre Eltern ihr schon so einen altmodischen Namen gegeben hatten, dann konnte sie ihrem Dackel auch einen verpassen. Dackelrüde Roderich war das Licht ihres Lebens. Er würde nachher zur Bescherung ein Saitenwürstle bekommen. Und ein neues Gummihuhn, das quakte, wenn man darauf biss. Das hatte den zusätzlichen Mehrwert, dass es Karl-Heinz in den Wahnsinn treiben würde. Als ob Roderich sein Glück ahnte, zog er entlang des Steinbacher Sees ungewöhnlich heftig an seiner Leine.

Roderich zog eigentlich immer, schließlich war er der Rüde in ihrem Zweierrudel. Und eine Hundeschule hatte sich Gieslind seinerzeit nicht leisten können.

Es war arg kalt, fand Gieslind. Spontan entschied sie sich deshalb, nach links abzubiegen, weg vom See, und quer über die tief verschneite Wiese zu gehen. Eine Abkürzung, die sie im Sommer oft einschlug, im Winter nie. Roderich nahm sie dabei natürlich auf den Arm. Der hätte sich ansonsten wie ein U-Boot durch den kniehohen Schnee kämpfen müssen und wäre wahrscheinlich erstickt. Am Waldrand blieb Gieslind stehen und schnappte nach Luft. Es war verdammt anstrengend, ohne Schneeschuhe über eine eingeschneite Wiese zu gehen, mit einem – zugegeben – völlig überfetteten Dackel im Arm.

Hm. Seit wann gab es denn da drüben am Birkenhain ein Hügelgrab? Sie ging näher. Neugier, dein Name ist Weib.

Nein, das war kein Grab, stellte Gieslind fest, als sie – Roderich nur noch mit der Rechten haltend – mit der linken Fäustlingshand etwas Schnee weggefegt hatte. Das war ein Auto. Roderich schnüffelte.

Wer hatte denn bitte schön sein Auto hier abgestellt? Mitten in der Pampa? Und offenbar schon vor längerer Zeit, denn es war tief eingeschneit und eigentlich nur als Auto auszumachen, wenn man, so wie sie, direkt danebenstand und den Schnee entfernt hatte.

Roderich fing an zu fiepen, dann zu zappeln, schließlich zu bellen. Sie konnte ihn nicht mehr halten. „Roderich, Schatz, es wird doch gleich dunkel. Wir müssen nach Hause", rief Gieslind, aber das prallte an den Dackelrüdenohren ungehört ab. Wie ein Frosch hüpfend – immer wieder im Schnee versinkend, nur um sich gleich darauf aus dem Schnee herauszukatapultieren – bewegte er sich auf den Wagen zu und presste dann schwanzwedelnd seine Schnauze an die Beifahrertür. Gieslind trat zögernd näher. Der Innenraum war leer, aber fleckig.

War das ...?

Blut!

Alles rot. Als ob darin ein Schwein geschlachtet worden wäre. Gieslind traute den hiesigen Bauern ja eine Menge zu, aber das?

Ihr war jetzt mehr als unbehaglich zumute. „Komm, Schatz, Mami will nach Hause", sagte sie zum Hund und wollte ihn greifen, aber er war im Blutrausch, im olfaktorischen, bellte und hechelte und bellte und zog so heftig an seiner Leine, dass Gieslind stolperte und sich schwer am Wagen abstützen musste – und da hörte sie ein *Plopp* und der Kofferraum ging auf.

Gieslind schaute hinein – natürlich, was auch sonst – und entdeckte eine Reisetasche und in der Reisetasche –

ja, sie ratschte den Reißverschluss der Tasche auf und linste hinein – Geld. Viel Geld. Irrsinnig ungeheuerlich viel Geld.

„Pst, Roderich!", befahl sie, und zum ersten Mal in ihrem gemeinsamen Leben in einem Tonfall, der Roderich tatsächlich zum Verstummen brachte.

„Alles in Ordnung?", hörte sie da eine Männerstimme aus Richtung See besorgt rufen. „Der Hund hat angeschlagen, wir haben uns Sorgen um Sie gemacht."

Es war der gut erzogene Islamist von eben. Gieslind schluckte. Ihre Gedanken rasten. „Hier steht ein Auto!", rief sie zurück.

Der Mann kam näher. Gieslind schulterte die Tasche. Und nahm Roderich wieder auf den Arm, der es mit sich geschehen ließ. Tiere waren eben sensibel und spürten, wenn etwas in der Luft lag. Etwas Großes.

„Da sind merkwürdige Flecken auf dem Sitz", sagte Gieslind, als der Mann fast schon am Auto war, und zeigte mit dem Kopf. „Da, schauen Sie."

„Mein Gott, ein Golf!", rief er. „Das Tatfahrzeug. Und die Tatwaffe", ergänzte er, als er mit seiner Taschenlampe hineinleuchtete und ein Hackebeil im Fußraum sichtbar wurde. „Sie haben uns sehr geholfen, Frau ..."

„Höpf", sagte Gieslind.

„Frau Höpf. Dank Ihrer Hilfe kann ein Mörder seiner gerechten Strafe zugeführt werden", erklärte Yildirim und wollte ihr die Hand schütteln, aber Roderich schnappte nach ihm, und so ließ er es bleiben.

„Immer gern. Ich ... äh ... würde dann nach Hause gehen, es ist zu kalt für den Hund. Wenn Sie noch Fragen haben, ich wohne auf dem Campingplatz."

Gieslind nickte Yildirim zu, der sprach aber schon in sein Handy und achtete gar nicht mehr auf sie. Geiler Fund, hörte sie ihn sagen und: Hab *ich* entdeckt.

Gieslind marschierte mit Hund und Tasche in Richtung des Wohnwagens. Sie würde packen und ihren Mann verlassen und mit Roderich völlig neu anfangen. An irgendeinem exotischen Ort. Mittenwald. Westerwald. Irgendwas mit viel Bäumen, damit Roderich seine kleinen, fetten Beinchen überall heben konnte.

Gieslind lächelte fein.

Ein Weihnachtswunder!

Gefüllte Gans

Mal unter uns: Weihnachtsessen mit meiner Familie –
das ist Horror pur. Einzeln mögen die alle ja noch an-
gehen, aber im Rudel ...

Wenigstens haben wir keinen Vegetarier dabei, was
ja immer Extramühe macht. Und nur Tante Franzi reagiert auf Milchprodukte allergisch. So kann es gefüllte
Gans mit Kartoffelpü geben, wie es in unserer Familie
seit den Tagen von Karl dem Großen üblich ist. Natürlich wird nicht reihum gefestet, sondern immer bei mir.
Damit ich als Alleinstehende auch mal ein heimeliges
Familiengefühl bekomme. Sagen die anderen. Die wollen sich doch alle nur den Stress nicht aufhalsen.

Letztes Jahr ging meine kostbare chinesische Vase
zu Bruch. Und der Kleine von meiner Cousine Gabi,
für den ich extra einen Kinderstuhl besorgt hatte, übte
Weitwurf mit der Gemüsebeilage. Großtante Rose
lachte dazu immer und fand die Flecken an der Wand
„künstlerisch wertvoll". Dabei darf man *ihre* Wohnung
nur mit Hausschuhen betreten und ihr Sofa führt unter
einer Plastikschutzdecke ein keimfreies Leben. „Die
Flecken fallen auf deiner Rosentapete doch gar nicht
weiter auf", entschuldigte Gabi ihr Balg. Im Grunde

konnte ich nach so einem Familienweihnachtsessen jedes Mal die ganze Wohnung renovieren lassen.

Und dann der Lärm! Wenn alle durcheinanderreden, das macht mich fertig. Das können meine Nerven nicht ab. Ich bin Krankenschwester. Seit über zehn Jahren auf der Intensiv. Nur schwere Fälle. Im Schichtdienst. Da will ich wenigstens zu Hause Ruhe und Frieden haben. Das ist nicht zu viel verlangt, oder? Nur etwas Ruhe und Frieden.

Dieses Weihnachten habe ich damit ernst gemacht!

Ich besitze schon lange den Schlüssel zum Giftschrank der Station und habe mich für ein Mittel entschieden, das schnell wirkt: Man japst nur kurz, nestelt am Hemdkragen und dann kippt auch schon der Kopf in den Nacken. Genau richtig für meine Sippschaft. Mitleid habe ich keines – das waren ja alles nur Verwandte, keine Menschen, die mir wirklich nahestanden.

Ich sehe mich um.

Die meisten hängen schon mit herausquellender Zunge über den Sitzmöbeln. Nur Tante Franzi werkelt noch in der Küche.

Das Gift habe ich in die Apfelfüllung gegeben, die essen nämlich alle, auch meine Nichte Lisa-Marie, die magersüchtig ist und sonst nichts isst. Ich selbst habe Gastritis vorgeschoben und nur ein Glas Holunderbeerwein getrunken.

Tante Franzi kam als Letzte, darum wird es bei ihr auch am längsten dauern. Aber gleich muss es so weit sein. Ja, da hört man auch schon ein Röcheln aus der Küche.

Ich greife nach dem Glas mit dem Babybrei. *Banane* steht drauf. Finger hineingestippt und probiert. Hm, lecker!

Tante Franzi kommt aus der Küche gewankt, die Hand am Hals. Ich nicke ihr freundlich zu und probiere noch eine Fingerspitze voll Babybrei, während sie auf dem Perserteppich in die Knie geht. Der Brei schmeckt wirklich ausgezeichnet. Sehr apfelig.

Apfelig? Wieso nicht bananig?

Hat Gabi etwa ...? Sollte sie tatsächlich den Rest der Apfelfüllung aus der Gans umgefüllt haben ...?

Ich japse nach Luft.

Nein!, schreit es lautlos in mir, während ich am gestärkten Kragen meiner weißen Feiertagsbluse nestele.

Da kippt auch schon mein Kopf in den Nacken ...

Alle Jahre wieder

Zwei Tage vor Heiligabend starb Frau Münkewitz, und ausgerechnet ich habe ihren Papagei geerbt.

Ich kam am letzten Schultag nach Hause, und da stand der Notarztwagen vor der Tür, was mich natürlich gleich an meine Oma denken ließ, die lebensjahrmäßig zwar noch eine Ecke vom dreistelligen Bereich entfernt liegt, aber sie ist eben ziemlich alt, und da glaubt man ja automatisch, dass sie ganz oben auf der Liste des Sensenmannes stehen müsste. Aber es war die gar nicht mal so uralte Frau Münkewitz aus der anderen Erdgeschosswohnung, die unerwartet die finale Reise nach Walhalla angetreten hatte. (Wir nahmen in Geschichte gerade die alten Germanen durch, da bot sich dieser Vergleich an.)

Es waren auch zwei Polizisten anwesend, die rein von der Statur her alte germanische Kämpen hätten sein können. Der Briefträger hatte Frau Münkewitz durch die Glasscheibe in ihrer Wohnungstür im Flur liegen sehen und den Notarzt verständigt. Und da muss dann immer auch die Polizei kommen. Auch wenn es nur ein Herzinfarkt ist. Wie bei Frau Münkewitz.

„Wir haben keine Hinweise auf Verwandte gefunden", sagte der Kompaktere der beiden Polizisten. „Wissen Sie vielleicht etwas über Ihre Nachbarin, das uns weiterhelfen könnte?"

In unserem Haus wohnt noch der Urologe Dr. Bellheim mit seiner Lebensgefährtin, aber die urlaubten über die Feiertage auf Sri Lanka oder den Seychellen oder sonst wo, wo es teuer war und normale Leute nur via Google Maps hinreisten. Bei Familie Köpcke war niemand zu Hause, und auch meine Mutter war bei der Arbeit. Blieb nur meine Oma. Und ich.

Ich zuckte mit den Schultern.

„Nein", sagte meine Oma auf die Frage des Polizisten. „Frau Münkewitz war sehr verschlossen. Wir haben kaum einmal ein privates Wort gewechselt. Sie bekam allerdings in letzter Zeit ..." Oma sah mich an und flüsterte dann dem Polizisten zu: „... Herrenbesuch."

Oma ist auf einem Ohr taub, und das Hörgerät in der anderen Ohrmuschel tut oder tut nicht, jedenfalls spricht sie penetrant laut, und wenn sie meint, dass sie flüstert, dröhnt sie in Wirklichkeit wie das Nebelhorn eines veritablen Ozeanriesen.

„Immer dieselben Herren?", hakte der Polizist nach.

Oma nickte. „Zwei jüngere Männer. Sehr viel jünger ..." Sie hüstelte und nickte neuerlich. Es war ein missbilligendes Nicken.

„Tja, die Sache wird sich klären, das kann aber dauern. Den Vogel bringen wir dann besser ins Tierheim."

„Ins Tierheim? An Weihnachten? Wie grausam ist das denn?"

Der Polizist wich entsetzt einen Schritt zurück, weil er nicht damit gerechnet hatte, wie laut Oma werden kann, wenn sie ihre Stimme bewusst erhebt. Womöglich werden dereinst nur die Trompeten des letzten Gerichts lauter sein. Aber sicher wäre ich mir da nicht.

„Der Vogel bleibt hier!", erklärte Oma, die sich zwar nicht für den Tierschutz einsetzte, aber fand, dass an Weihnachten nichts als Nächstenliebe und Nachbarschaftshilfe zu herrschen hätten.

Und so kam es, dass mir die hehre Aufgabe übertragen wurde, den Graupapagei von Frau Münkewitz zu füttern und bei Laune zu halten, bis das Nachlassgericht etwaige Erben ermittelt hatte.

Ausgerechnet ich.

Dieser blöde, völlig zerrupfte Vogel hatte mich mehr als einmal zu Tode erschreckt, wenn er in seinem riesigen Käfig am offenen Fenster stand und urplötzlich in Urwaldgekreische ausbrach, sobald ich vorbeiging. Und zwar voll mit Absicht genau dann, wenn ich – ohne etwas zu ahnen – auf dem Weg zur Haustür am münkewitzschen Fenster vorbeikam.

Ich nölte folglich den ganzen Abend herum, dass ich dieses dämliche Federvieh nicht auf meinem Zimmer haben wolle, bestimmt sei es ein Krankheitsüberträger, aber Oma ließ nicht mit sich reden und auch meine Mutter tönte irgendwas von „Verantwortung für die Kreaturen der Schöpfung" und meinte, ich solle mich nicht so haben, Anfang des neuen Jahres, wenn das Nachlassgericht die Arbeit wiederaufnahm, würden rasch die Erben ermittelt und dann sei die Sache für mich gegessen und bis dahin könne ich ruhig gute Karmapunkte sammeln, indem ich mich um einen hilflosen Papagei kümmerte.

Von wegen hilflos.

Höchstens namenlos. Er war ja kein Hund mit Rufnamen auf der Hundemarke, und als der Polizist die Sitzstange mit den beiden Futternäpfen in mein Zimmer trug (der Käfig war viel zu groß und blieb in der Münkewitz-Wohnung), sagte er nur „Viel Spaß mit ihm!" und reichte mir die CITES-Bescheinigung, auf der vermerkt war, dass das Tier mit der Nummer FF-37228 legal aus dem Kongo eingeführt und von H. Münkewitz erworben worden war. Woher der Polizist wusste, dass das Federvieh ein *Er* war, blieb mir verborgen. Anatomisch konnte ich da rein gar nichts ausmachen.

Somit verbrachte ich den Abend, an dem ich eigentlich etwas halbwegs Ästhetisches für Oma und Mutti zu Weihnachten hatte basteln wollen, stattdessen damit, mich zu gruseln, weil der blöde Graupapagei mich die ganze Zeit von seiner Sitzstange anstarrte, als ob er mich hypnotisieren wollte.

Ehrlich, es war total unfair, dass ich das fünfte Jahr in Folge zu Hause mit Mutti und Oma feiern musste, während alle aus meiner Klasse, echt alle, entweder zum Skifahren in Österreich waren oder wenigstens auf Familienbesuch im Harz. Nur ich würde wieder daheim vor der Glotze sitzen und mich mit Oma und Mutti auf einen Minimalkompromiss einigen müssen, was wir uns denn anschauen würden. Am Ende würde es wie immer *Ist das Leben nicht schön?*. Ö-d-e!

Und dann dieses Federvieh mit dem Hypnoseblick. Das machte mich ganz kirre. Um elf stieg ich völlig entnervt ins Bett und löschte das Licht – und da geschah es.

„Wenn du jetzt nicht mit der Sprache herausrückst, bist du tot."

Ich habe *Blair Witch*, *Dawn of the Dead* und den *Musikantenstadl* gesehen, ohne auch nur mit der Wimper zu zucken, aber in diesem Moment bekam ich ungelogen eine Gänsehaut.

Im Licht der Straßenlaterne sah ich den Graupapagei auf seiner Stange sitzen. Er starrte mich an und sagte erneut mit dieser blechernen Stimme, die unheimlich menschenähnlich klang: „Wenn du jetzt nicht mit der Sprache herausrückst, bist du tot."

Einen Tag vor Weihnachten ging ich mit Mutti den Weihnachtsbaum kaufen, wie wir es immer taten. Dann wurde mit Oma den ganzen Nachmittag gebacken. Und abends, als Mutti bei der Weihnachtsfeier ihrer Yoga-Gruppe war und Oma vor dem Fernseher einschlief, während Instrumentalgruppen aus dem Kleinwalsertal zur Bergweihnacht zitherten, klampften und schrammelten, ging ich in den Flur und holte den Zweitschlüssel zur Wohnung von Frau Münkewitz aus dem Zwischenboden der Briefkästen, wo wir alle unsere Zweitschlüssel aufbewahrten, falls mal was wäre, und verschaffte mir anschließend widerrechtlich Zutritt zu ihrer Wohnung.

Hätte ich mit Mutti oder Oma über den sprechenden Papagei reden sollen? Die hätten es als albern abgetan. Mit den Ordnungshütern verhielt es sich ebenso. Ich hätte es ja Molle und Luca erzählt, aber die waren am frühen Morgen mit ihren jeweiligen Familien bereits in den Urlaub abgedüst. Also musste ich die Sache selbst in die Hand nehmen. Die Münkewitz war ermordet worden, und ich musste es beweisen! Na ja, das glaubte ich nicht wirklich, aber nach dem, was der Papagei von sich gab, war es doch möglich, oder etwa nicht? Jedenfalls war diese Aktion spannender als jede Bastelstunde.

Da der Polizist von Herzinfarkt gesprochen hatte, konnte es nichts Offensichtliches gewesen sein – kein Messer, das noch blutig aus ihrer Brust ragte, kein Einschussloch in der Schläfe –, denn das hätte der Notarzt ja wohl mitbekommen. Ich tippte auf Gift.

Die Münkewitz war ermordet worden, weil sie irgendetwas ausgeplaudert hatte. Jemand – zweifellos ihr Herrenbesuch – hatte ihr so oft gedroht, dass der Papagei ihn nachplappern konnte. Nun könnte man denken, dass eine ältliche Frau aus einem deutschen Vorort keine derart eminent wichtige Geheimnisträgerin sein kann. Was weiß ein solches Muttchen schon? Das definitive Auflauf-Rezept? Die einzig wahre Methode zur Entfernung von Senfflecken aus Flokati-Teppichen? Den kürzesten Weg zum nächsten Stützstrumpfgeschäft?

Aber auch die Münkewitz war einmal jung gewesen (na ja, zumindest jünger – richtig jung war die bestimmt nicht mal bei ihrer Geburt) und hatte etwas erlebt. Nahm ich zumindest an. Als ich das Licht dieser Welt erblickte, wohnte sie jedenfalls schon in dieser Wohnung. Das stellte ich fest, als ich ihren Mietvertrag fand. Die Polizei hatte ganze Arbeit geleistet und ihre sämtlichen Papiere ordentlich auf dem Wohnzimmertisch ausgebreitet. Ein bisschen merkwürdig war es schon, das Leben eines anderen Menschen so offen vor mir zu sehen – Geburtsurkunde, ein Fotoalbum mit Fotos der Münkewitz (an der Klagemauer in Jerusalem, in den Ruinen von Machu Picchu, in einem afrikanischen Kral, vor einem goldenen Buddha in Thailand), ein Ordner mit Kontoauszügen (immer im Plus, aber keine dicken Summen) und Versicherungsnachweisen (Kassenpatientin), ein Personalausweis (noch sechs Monate gültig, ausgestellt auf Hedwig Luise Münkewitz) und eine Lizenz zum Führen einer Handfeuerwaffe. Letzteres hätte mich womöglich interessiert, aber wie sich gleich in der nächsten Klarsichthülle herausstellte, war die Münkewitz keine kleinstädtische Auftragskillerin, sondern nur Kassenwartin im hiesigen Schützenverein (Mitgliedsnummer 243).

Die Wohnung war minimalistisch eingerichtet, in jedem Zimmer maximal drei Möbelstücke. Keine Bilder an den Wänden, null Weihnachtsschmuck, einziges Deko-Objekt war ein Kissen im Schlafzimmer mit dem Stickspruch *Den Schatz muss ich bewahren wohl*. Die Küche makellos sauber und so aufgeräumt, dass man das Gefühl hatte, in ihr sei noch nie eine Mahlzeit zubereitet worden. Die Vorratskammer war voll bis an die Decke, allerdings waren alle Lebensmittel und alle Putzmittel und überhaupt einfach alles in weiße Plastikbehälter ohne Aufschrift umgefüllt worden. Das weiße Pulver in dem Behälter, den ich probeweise öffnete, hätte Mehl oder Rattengift sein können. Ich schmeckte das vorsichtshalber nicht ab. Nur die Dose, in der die Räucherstäbchen lagen, war aus wurmstichigem Holz. In ihrem Kleiderschrank fand ich haufenweise Schottenröcke und Twinsets (kurzärmlige für den Sommer, langärmlige für den Winter) und fleischfarbene Unterwäsche. Kurzum, ein ödes, langweiliges Leben, wie es mir vermutlich auch drohte. Noch dazu das eines Menschen, der mir kaum sympathischer gewesen war als der Papagei. Die Münkewitz hatte immer so einen strengen Blick gehabt, der mich an unseren Direx erinnerte. Und geredet hatte sie nie mit mir. Eigentlich konnte es mir egal sein, ob sie ermordet worden war oder nicht, aber mich trieb die Neugier. Mich reizte der Gedanke, in einer fremden Wohnung ein wenig herumzuschnüffeln.

Ich fand absolut gar nichts, aber es machte mir Spaß.

Da wusste ich aber auch noch nicht, dass ich keine 24 Stunden später von zwei Killern verfolgt werden und einen jahrhundertealten Schatz zu verteidigen haben würde.

Heiligabend lief bei uns seit Menschengedenken gleich ab. Morgens gingen Mami und Oma noch Lebensmittel kaufen, während ich zu Hause auf der Blockflöte Weihnachtslieder übte. Am Nachmittag gab es dann Weihnachtsplätzchen und Kaffee, und um 17 Uhr besuchten wir den Gottesdienst in St. Michael. 1200 Menschen passten in die Kirche, und wenn am Schluss alle zusammen *O du fröhliche* sangen, heulte Oma Rotz und Wasser und auch Mami guckte ergriffen und selbst ich bekam Gänsehaut. Danach gingen wir nach Hause, es gab Saitenwürstchen mit Kartoffelsalat, und dann wurde gesungen, bis die Stimmbänder Muskelkater kriegten, anschließend war Bescherung und dann sahen wir uns *Ist das Leben nicht schön?* im Fernsehen an.

An diesem Heiligabend begann alles wie immer. Gleich nach dem Frühstück machten sich Mami und Oma zu Fuß auf den Weg zu den einschlägigen Gourmetläden. Oma hatte Arthritis in den Fingern und Mami kochte aus Prinzip nicht, darum gab es den Kartoffelsalat von Feinkost *Knausenberger*, die Saitenwürste von Metzgermeister *Hespelt* und die Weihnachtsplätzchen von der Konditorei *Hammel*.

Ich übte kurz *Alle Jahre wieder*, aber der Graupapagei fing so unsäglich zu kreischen an, dass ich das Musizieren rasch wieder aufgab. So schlecht blockflötete ich gar nicht. Effeff, wie ich ihn wegen seiner

CITES-Nummer nannte, konnte ganz schön Krach machen. Dabei sah er völlig zerrupft aus. Graupapageien rupfen sich offenbar selbst Federn aus, wenn sie sich einsam fühlen. Hatte ich bei Wikipedia gefunden, als ich kongolesische Graupapageien (*Psittacus erithacus erithacus*) googelte.

Ich setzte mich also notgedrungen an meinen Schreibtisch und bastelte an den Geschenken (für Mami ein Kalender für das neue Jahr mit Fotos, die ich selbst geschossen hatte – ich bin nämlich echt gut im Fotografieren, und nächstes Jahr werde ich auch eine Jahresarbeit zum Thema Fotografie machen –, und eine Fotocollage für Oma mit Porträtschnipseln von Mami und mir) und hantierte fröhlich mit Alleskleber und gelben Markern, als es hinter mir wieder losging: „Wenn du jetzt nicht mit der Sprache herausrückst, bist du tot." Vor Schreck pappte ich Omas Fotocollage an Mamis Kalender fest.

Ich drehte mich um. Der blöde Vogel starrte mir voll in die Augen und wiederholte mit dieser blechernen Stimme: „Wenn du jetzt nicht mit der Sprache herausrückst, bist du tot."

Was war nur mit diesem Tier los? Ob die Münkewitz es misshandelt hatte? Aber Effeff sah eigentlich gut im Futter aus, nicht zu mager. Nur eben am Bauch etwas gerupft und völlig ohne rote Schwanzfedern. Mit denen hatte er kurzen Prozess gemacht. Und er schaute auch ganz interessiert aus seinen schwarzen Knopfäuglein. Nicht ängstlich oder gestört, sondern wach und neugierig. Graupapageien konnten in Gefangenschaft über 60 Jahre alt werden, hatte ich gelesen. Womöglich war der Vogel so alt wie Oma.

„Wenn du jetzt nicht mit der Sprache herausrückst, bist du tot", wiederholte Effeff und blinzelte mir verschwörerisch zu.

Komisch, echt. Das konnte er doch nicht von ein-
maligem Hören aufgeschnappt haben? Wieso hatte
die langweilige Münkewitz ihm so einen Spruch bei-
gebracht? War sie heimlich Quentin-Tarantino-Fan
gewesen? Sie musste diesen Vogel geliebt haben, der
Käfig war nämlich das mit Abstand prachtvollste Stück
in ihrer ganzen Wohnung. Riesengroß, in Form einer
goldenen Pagode, die auf einem Steinsockel ruhte.

Hm ...

Wieso hatte die langweilige Frau Münkewitz mit der
grauen Existenz einen so prachtvollen, leuchtenden Pa-
pageienkäfig? Als Ventil für die Sehnsucht nach Schönheit, die auch in ihr schlummern musste? Oder gab es da
eine andere Erklärung? In meinem Kopf spulte sich ein
Film ab: Der Käfig könnte aus echtem Gold sein. Gott
weiß, wie sie an das Gold gekommen war, vielleicht war
sie auf einer ihrer Reisen auf den Goldschatz der Inka
oder der Königin von Saba gestoßen, hatte das Gold
einschmelzen und zu einem Käfig gießen lassen – als
Altersvorsorge. Die Erben der wahren Besitzer waren
ihr auf die Spur gekommen und hatten ihr Eigentum
zurückverlangt, doch sie hatte geschwiegen und war
deshalb ermordet worden. Wenn man keine äußeren
Verletzungen sah, dann deshalb, weil sie einem Inka-
Fluch oder einer afrikanischen Verwünschung erlegen
war.

In meinem Kopf ratterte es weiter. Vielleicht war sie
eine international agierende Diebin gewesen? In dem
gewaltigen Sockel des Käfigs verbargen sich womöglich
Diamanten, Saphire und Rubine, die sie in den Luxus-
hotels dieser Welt den Reichen und Schönen aus den
Zimmern geklaut hatte.

Ich sprang auf. Das ließ sich ja mühelos klären,
denn den Zweitschlüssel zu ihrer Wohnung hatte ich

immer noch. Keine zwei Minuten später stand ich im Wohnzimmer der verstorbenen Frau Münkewitz und ratschte mit einem Küchenmesser über die Käfigstangen.

Es stellte sich schnell heraus, dass der Käfig mitnichten aus reinem Gold bestand. An einer Ecke rostete er auch schon.

Die Antwort musste im Sockel zu finden sein.

Ich fuhr mit der Klinge zwischen Käfigboden und Sockel. Ging nicht. Ich klopfte mit dem Messergriff rund um den Sockel in der Hoffnung, ein hohles Echo würde mir den Weg zu einem Geheimfach weisen. Wieder nichts.

Blieb nur noch eins zu tun: Ich hob den Sockel mitsamt Käfig an und – bingo! – im Boden war ein Geheimfach eingelassen.

Was da plötzlich an Energie in meine Freude über diese Entdeckung floss, entwich als Kraft aus meiner Armmuskulatur. Folglich konnte ich den riesigen Käfig nicht mehr halten und er knallte mit einem ohrenbetäubenden Getöse auf den Parkettboden. Böse Delle im Holz. Egal.

Ich kniete mich in den verstreuten Sand, gemischt mit Premium-Papageienfutter, und nestelte an dem Geheimfach. Es war unverschlossen und ließ sich mühelos öffnen.

Erster Schlag: Es befanden sich keine Edelsteine in dem Fach, nur eine kleine, schmale, vergoldete Holzkiste.

Zweiter Schlag: Eine Männerstimme rief urplötzlich in meinem Rücken: „Was machst du denn da?"

Mist!

Die kleine Holzkiste in die Innentasche meiner Jeansjacke zu stopfen und aufzuspringen, geschah völlig automatisch und im Bruchteil einer Sekunde.

Sie waren zu zweit.

Es waren keine südamerikanischen Indios. Zumindest sahen sie nicht so aus wie die kleinen Kerle mit den Ponchos, die in der Fußgängerzone jeden Sommer auf ihren Pan-Flöten musizieren. Und es waren auch keine groß gewachsenen Afrikaner, mit nichts als einem Leopardenfell um die Lenden und einem Speer in der Rechten. Es waren zwei Weihnachtsmänner, mittelgroß, mit Bauch.

„Wer bist du?", wollte der mit dem buschigeren Bart wissen.

„Hast du da gerade etwas eingesteckt?", fragte der Schütterbart.

Das waren natürlich die falschen Fragen als Einstieg in eine nette Plauderstunde. Es grenzte an Inquisition. Und obwohl man von den Gesichtern der beiden hinter den falschen weißen Bärten und unter den roten Weihnachtsmannmützen nur einen schmalen Streifen aus Augen, Augenbrauen und Nase sehen konnte, vermittelten sie doch einen extrem unfreundlichen Eindruck. So hatten bestimmt auch die Kerle ausgesehen, die unter Johanna von Orleans den Scheiterhaufen angezündet hatten. Wenn es nicht sogar exakt dieselben Kerle waren, drei bis fünf Inkarnationen weiter. Gar keine Frage, das waren die Mörder der Münkewitz!

Ich suchte mein Heil in der Flucht. Nach vorn zur Wohnungstür ging nicht, weil die Killer den gesamten Türrahmen ausfüllten – da passte nicht einmal mehr eine Maus dazwischen.

Zum Glück kannte ich mich im Haus aus.

In der Küche der Münkewitz gab es, wie bei uns auch, eine Tür, die zu einem mega-schmalen Balkon führte, auf dem im Sommer zwei Leute auf Klappstühlen sitzen und den Himmel im Norden bewundern konnten. Der Architekt hatte sich nicht daran gestört, dass es sich um Erdgeschosswohnungen handelte. Er fand unpraktische Balkone schön und hatte damit großzügig das ganze Haus bestückt. Jetzt kam mir das gerade recht. Ich öffnete die Balkontür und hechtete über das Balkonmäuerchen in den Garten.

„Bleibst du wohl stehen!", röhrte einer der Weihnachtsmänner, der die Verfolgung aufgenommen hatte.

Sonst noch was?

Ich rannte, wie ich seit den Jugend-Leichtathletikmeisterschaften im vorletzten Sommer nicht mehr gerannt war. Damals war ich mit Abstand am langsamsten gewesen, aber für den Weihnachtsmann reichte es locker.

Als ich um die Ecke in die Zollhüttengasse bog, sah ich über die Schulter und entdeckte meinen Verfolger gut fünfzig Meter hinter mir, heftig schnaufend. Im hellen Licht des Tages merkte ich erst, um was für einen Koloss es sich handelte. Das waren keine Gänsefederkissen unter seinem rot kostümierten Bauch, das waren endlos viele Jahre Currywurst, Chips und Bier. Ha! Der würde mich nie kriegen.

Doch als ich kurz vor der Mauerstraße über meine Schulter schaute, wurde der Weihnachtsmannkoloss gerade von seiner schmächtigen Weihnachtsmannzweitausgabe überholt. Der Schmächtige lief wie ein Hundertmeterläufer auf Steroiden. Ich machte mir echt Sorgen, denn ich hatte mich nur mit heißer Schokolade und Früchtemüsli gedopt.

Ich hätte natürlich irgendwo einkehren können – erst im Café Ableitner, später bei Frisör Tautz –, aber was hätte ich sagen sollen? „Schnell, rufen Sie die Polizei, beim Einbruch in die Wohnung meiner Nachbarin haben mich zwei Personen in flagranti ertappt, die ich für Mörder halte!"? Oh bitte, man weiß doch, wie so was endet. Keiner glaubt einem, und irgendwann steht dann der Vertreter des Jugendamts vor der Tür und will überprüfen, ob man nicht mehr alle Tassen im Schrank hat und in eine Besserungsanstalt gehört.

Wieso waren die beiden hinter mir her? Bestimmt lag es an der kleinen Kiste. Die musste ein Vermögen wert sein. Vielleicht sogar ein Millionenvermögen. Die beiden Weihnachtsmänner hatten Frau Münkewitz diesen Schatz abspenstig machen wollen, aber sie hatte sich geweigert, ihnen das Versteck zu nennen. Bestimmt hatten sie ihr daraufhin irgendein Gift verabreicht, das es wie den natürlichen Tod einer alten Frau aussehen ließ, um danach in Ruhe die Wohnung zu durchsuchen. Doch ich war ihnen in die Quere gekommen. Ich hatte den Schatz gefunden und nun waren sie hinter mir her.

Auf der Neuen Straße tobte das weihnachtliche Einkaufschaos. Ich rannte schnurstracks in das wogende Getümmel der Leiber, die in allerletzter Minute noch ihre Weihnachtsbesorgungen erledigen wollten. Aus den Augenwinkeln sah ich die wippenden roten Zipfelmützen der Weihnachtsmänner. Dann tauchte ich im Drogeriemarkt unter.

„Kannst du nicht aufpassen?" oder „Was soll denn das?", nölten die Menschen, die ich auf dem Weg durch die Kosmetik-Abteilung anrempelte. Ich lief geduckt, damit mich die Weihnachtsmänner nicht durch die Glasfront des Drogeriemarktes ausmachen konnten. Nach kurzer Verzögerung ging es weiter.

Zu den Klängen von *Jingle Bells* wuselte ich zum Aufzug, der sich in der Parfümecke befand. Bis der Aufzug endlich kam, schmetterte bereits Michael Bublé sein *Let it snow*. In der Aufzugskabine ging es mit Eartha Kitt und *Santa Baby* weiter. Offenbar favorisierte der Drogeriemarktleiter dieselbe Weihnachts-CD wie meine Oma.

Ich wähnte mich in Sicherheit.

Bis sich im dritten Stock – Tiernahrung, Deko-Artikel, Haushaltswaren – die Aufzugstüren öffneten und ich den beiden gegenüberstand.

Nicht den Weihnachtsmännern.

Mami und Oma.

„Was machst du denn hier?", verlangte Mami zu wissen.

„Und wieso hast du keinen Mantel an? Willst du dir den Tod holen?", setzte Oma noch eins drauf.

„Raus oder rein?", fragte ein Glatzkopf mit Lederjacke.

„Raus", sagte ich.

„Rein", sagten Mami und Oma.

Ich stieg trotzdem aus der Kabine, der Glatzkopf stieg ein.

„Und?", verlangte Mami auffordernd zu wissen.

In der Theater-AG machten wir seit einem halben Jahr Improvisationstheater, deshalb blieb ich völlig cool und zeigte auf das Regal rechts von mir. „Ich wollte Futter für den Papagei kaufen."

Der Polizist hatte auch die gesamten Papageienfuttervorräte von Frau Münkewitz in unsere Wohnung getragen, und die reichten schätzungsweise für drei Vogelleben. Mami glaubte mir folglich kein Wort.

„Kind, du bist ja ganz verschwitzt!", konstatierte Oma mit ihrer üblichen Nebelhornlautstärke. „Hast du Fieber? Wirst du krank?" Sie stellte ihre Einkaufsbeutel ab und langte mir an die Stirn. „Ganz heiß!"

„Und?", wiederholte Mami, die einen sechsten Sinn dafür hatte, wenn ich mich Aktivitäten hingab, die nicht ganz koscher waren.

„Sie blockieren den Weg", beschwerte sich eine Echtpelzträgerin mit Louis-Vuitton-Tasche, die nur durch ein Versehen in diesem Drogeriemarkt gelandet sein konnte. Oder in unserer Stadt.

„Meine Enkelin ist krank!", donnerte Oma. Woraufhin sich sofort alle Leute in weitem Bogen von uns zurückzogen, als hätte ich irgendwas Ansteckendes wie Ebola oder Herpes.

Ein Graumelierter im Anzug kam auf uns zugeeilt. „Gibt es ein Problem?", fragte er betont freundlich. Bestimmt der Geschäftsführer.

Da öffneten sich hinter mir die Aufzugstüren, und die beiden Weihnachtsmänner riefen unisono: „Da bist du ja. Na warte! Herr Wachtmeister, walten Sie Ihres Amtes!"

Hinter den Weihnachtsmännern tauchte ein zierlich gebauter Streifenpolizist auf. Ich hielt ihn für eine Fälschung. Aber er klang ziemlich echt. „Bist du eben in der Bahnhofsstraße in eine Wohnung eingebrochen und hast etwas geklaut?"

„Beschuldigen Sie mein Kind etwa des Diebstahls?" Mami verwandelte sich in Nullkommanichts von der gestrengen Richterin in die leidenschaftliche Verteidigerin.

„Grippetee. Was du brauchst, ist Grippetee. Und Hühnersuppe", meldete sich Oma zu Wort, die nicht so altersgreise war, wie sie in diesem Moment klang, aber bisweilen erstaunlich tunnelblickig sein konnte.

„Wir haben es mit eigenen Augen gesehen. Aus der Wohnung unserer verstorbenen Mutter", erklärte Weihnachtsmann Nummer eins.

Weihnachtsmann Nummer zwei nickte.

„Du hast eine Tote beklaut?" Die Pelztante klang entsetzt.

„Ts, ts, ts", machte der Geschäftsführer.

Ich guckte trotzig. „Frau Münkewitz hatte gar keine Kinder", behauptete ich kühn.

„Wir hatten uns unserer Mutter entfremdet und erst seit kurzem wieder Kontakt, als sie uns erzählte, dass sie wegen eines Herzleidens nicht mehr lange zu leben hatte, aber wir sind ihre Söhne", blaffte Weihnachtsmann Nummer zwei. Beide schwitzten heftig und zogen sich die Bärte auf die Brust und, ja, sie sahen aus wie die Münkewitz. Nur jünger. Und einen Tick männlicher.

„Mein Kind stiehlt nicht", verkündete Mami, obwohl ich mir im zarten Alter von sieben Jahren den Stofftiger meiner Cousine Bärbel widerrechtlich angeeignet hatte, was Mami sehr wohl wusste. Aber das war verjährt.

„Die Kiste steckt in der Jackentasche." Weihnachtsmann Nummer eins fingerte in Richtung meiner Rippen.

Der Streifenbeamte nahm vor mir Aufstellung.

Mami legte mir beschützend eine Hand auf die Schulter.

Weihnachtsmann Nummer zwei machte Anstalten, meine Jeansjacke anzufassen.

„Wagen Sie es ja nicht!", donnerte Oma besonders laut.

Mittlerweile waren die weihnachtlichen Klänge aus den unsichtbaren Boxen verstummt und die gesamte dritte Etage hatte sich in einen einzigen Zuschauerraum verwandelt. Alle wollten sich an diesem Spektakel ergötzen. Auch am Treppenkopf drängelten sich die Menschen. Jedwede Weihnachtshektik hatte sich aufgelöst, es gab nur noch atemlose Spannung.

In einer Telenovela hätten jetzt die Synthesizerklänge eingesetzt und der Sprecher hätte aus dem Off gesagt: „Schalten Sie auch nächste Woche wieder ein, wenn es heißt: Wem glaubt man mehr – den außerirdischen Killer-Nikoläusen oder der unschuldigen Erdenmaid?" Oder so ähnlich.

Aber hier im Drogeriemarkt führte uns der Geschäftsführer mit den Worten „Bitte nicht hier!" wie ein Hütehund allesamt in sein Büro, das gleich neben den Regalen mit der Tiernahrung lag.

Die beiden Weihnachtsmänner, der Polizist, der Geschäftsführer, die Echtpelztante, Mami, Oma und ich passten kaum in das fensterlose Kabuff. Wir straften die Binsenweisheit Lügen, dass eng gemütlich sei.

„Nun?", sagte der Polizist.

„Nun?", sagte Mami.

Die Weihnachtsmänner verschränkten die Arme vor der Brust. Oma passte mühelos darunter.

Eine endlos lange Sekunde verstrich.

Dann zog ich die kleine Kiste aus meiner Jeanstasche. „Ist nicht geklaut. Habe ich zufällig gefunden, als mir der schwere Käfig aus der Hand geglitten ist. Der Papagei ist nämlich total unglücklich, er rupft sich die Federn aus. Bestimmt trauert er um sein Frauchen. Ich wollte ihn in seinen angestammten Käfig setzen, damit er vertraute, heimatliche Gefühle bekommt." Auf Kommando heulen haben wir in der Theater AG auch gelernt. Die Tränen flossen reichlich.

„Ach, wie lieb von dir", sagte ausgerechnet die Echtpelztante. Offenbar kann man sich für eine Tierfreundin halten, auch wenn man tote Tiere am Leib trägt. Sie nahm mich in die Arme.

„Doris, bitte keine Rührseligkeiten", befahl der Geschäftsführer kaltschnäuzig, woraus ich schloss, dass die Echtpelzträgerin seine Frau sein musste.

„Diese Männer haben mir Angst gemacht!", rief ich und zeigte auf die Weihnachtsmänner. „Die haben mich bedroht! Da bin ich weggelaufen."

„Sie haben mein Kind bedroht?" Mami stemmte die Hände in die Hüften.

„Nein", sagte Weihnachtsmann Nummer eins, aber er konnte nicht auf Kommando heulen und hatte in Sachen Glaubwürdigkeit gegen mich keine Chance.

Der Polizist nahm mir die Kiste ab. Er öffnete sie und ... tja ... heraus fielen keine kostbaren Edelsteine und auch kein Geld, sondern Fotos. Fotos der beiden Weihnachtsmänner, wie sie noch im Windelalter waren und später Rotzlümmel, mal mit, mal ohne Frau Münkewitz. Ich half, die Fotos aufzuheben. Dann reichte der Polizist die Kiste den Weihnachtsmännern. „Wollen Sie Anzeige erstatten? Oder wäre damit alles geklärt?", fragte er.

„Alles geklärt, alles bestens", sagte Weihnachtsmann Nummer zwei. „Ein reines Missverständnis, weiter nichts."

„Bei dir auch alles okay?", wollte der Polizist noch wissen.

Ich wischte mir mit dem Jeansjackenärmel eine Träne von der Wange und nickte. Verschüchtert, wie ich hoffte. Nicht erleichtert.

„Herrmann!", sagte die Echtpelztante streng, woraufhin ihr Mann „Frohes Fest!" rief und Einkaufsgutscheine an alle verteilte. Nur der Polizist lehnte ab, um nicht dem Vorwurf der Bestechlichkeit ausgesetzt werden zu können.

Heiligabend unterm Baum.

Es riecht nach Bienenwachskerzen und Dresdner Stollen und Erzgebirgsräuchermännchen.

Alle Jahre wieder. Immer derselbe Ablauf. Weihnachtsplätzchen, Festgottesdienst, Saitenwürstchen, Singen, Bescherung. Im Kalender für meine Mutter fehlte der Monat April, denn auf diese Seite war die ganze rechte Seite der Collage für meine Oma gefallen, und dank des Hochleistungsallesklebers war da rein gar nichts mehr zu machen. Mutti bekam also einen Elfmonatskalender und Oma eine Collage in Postkartengröße. Aber es zählt ja der Wille bei einem Geschenk und nicht die makellose Ausführung.

Ich bekam Effeff. Den Graupapagei.

Die Münkewitz-Söhne schenkten ihn mir samt Käfig, als sie am späten Nachmittag – wir wollten gerade in die Kirche – noch schnell vorbeikamen, um uns ein frohes Fest zu wünschen. Oma beglückten sie mit der Hansi-Hinterseer-CD-Sammlung ihrer verstorbenen Mutter, was Oma zu Tränen rührte. Mami bekam die vhs-Kassetten der Münkewitz, weil die Söhne selbst nur noch DVD-Player besaßen. Außerdem waren es irgendwelche Schwarzweiß-Hollywoodfilme von anno dunnemals, für die die Männer sich null interessierten.

Jetzt sitze ich auf dem Sofa und sehe zu, wie Mami eine der vhs-Kassetten in das Abspielgerät schiebt.

Oma sitzt neben mir, ihr Kopf ist in den Nacken gesackt, sie gibt leise Schnarchtöne von sich.

Effeff, der in meinem Zimmer Radau gemacht hatte, weil er nicht allein sein wollte, ruht fröhlich auf seiner Sitzstange in der Ecke beim Fenster. Er schaut Mami ebenfalls zu.

Auf dem Fernsehbildschirm flackert plötzlich der Vorspann eines Krimis aus den dreißiger Jahren auf.

„Gott, wie abgenudelt", sagt Mami. „Das war offenbar der Lieblingsfilm der Münkewitz."

Ein Finsterling mit einem Narbengesicht kommt ins Bild. Effeff richtet sich abrupt auf, flattert wie wild mit den Flügeln und gleich darauf sprechen die beiden im Chor mit blecherner Stimme: „Wenn du jetzt nicht mit der Sprache herausrückst, bist du tot."

Wieder ein Rätsel gelöst. Effeff ist Filmfan!

Alle Jahre wieder. Aber eben doch nicht. Na schön, meine Fantasie ist mit mir durchgegangen – zu viele Horror- und Crime-Geschichten wirken sich auf das Gemüt von Heranwachsenden offenbar doch zersetzend aus und ich habe ein Verbrechen gewittert, wo gar keines geschehen ist, aber was habe ich dadurch nicht alles erlebt: Aufregung, Abenteuer, eine wilde Verfolgungsjagd! Wenn Luca und Molle aus den Weihnachtsferien zurückkommen, werde ich ihnen etwas zu erzählen haben. Und was für tolle Sachen. Da können sie mit ihren üblichen Schneeerlebnissen nicht mithalten. Und bis dahin werde ich dem Papagei auch noch nützliche Sätze wie „Hasta la vista, Baby" im Schwarzenegger-Dialekt beibringen.

Abenteuer warten überall auf einen. Man muss nur mit offenen Augen durchs Leben gehen. Und ob die Abenteuer dann wirklich echt oder nur erfunden sind, ist doch völlig egal. Hauptsache, man hat seinen Spaß dabei.

Ich bin jedenfalls bereit für alle Abenteuer!

Besinnlich, fröhlich, tot

Kurt Dönsdorff, 59, Kirchendiener in St. Michael, vernahm an Heiligabend um exakt 19 Uhr 09 den Ruf des Schicksals, und er folgte diesem Ruf!

Seit der ersten *Tatort*-Folge mit Felmy im November 1970 gehörte er zu den treuesten Zuschauern, sah sich jede Folge an, wirklich jede, auch die unsäglichen mit Mattes oder Tukur, vor allem Tukur, völlig abgedreht und un*tatort*ig. Und er wusste genau, was er zu tun hatte, als Alfred Schneck, 63, mitten im Choral *Es ist ein Ros entsprungen aus einer Wurzel zart* auf ihn zugetorkelt kam, schwankend wie ein hochgradig Betrunkener, aber doch wohl eher im Todeskampf. Wie Kurt Dönsdorff angesichts des riesigen Blutflecks auf Schnecks Brust schloss, den man gut sehen konnte, weil Schneck den Mantel geöffnet hatte und die blutverschmierte Rechte verkrampft an den Leib presste.

Zwölfhundertzweiundneunzig Menschen saßen beziehungsweise standen in der Kirche – es gab nicht für alle Sitzplätze, beim Heiligabendgottesdienst herrschte immer Platznot –, aber außer Dönsdorff bekam keiner etwas mit. Der zweite von drei Weihnachtsgottesdiensten an diesem Heiligen Abend war nämlich in vollem

Gange und die Gottesdienstbesucher sangen gerade den herrlichen Choral, bei dem Dönsdorff als kleiner Junge immer gedacht hatte, es sei ein Ross entsprungen, weswegen ihm bei den Krippendarstellungen grundsätzlich der eklatante Mangel an Pferden aufstieß. Bis heute, wo er es besser wusste.

Kantor Schmölling an der Orgel gab alles. Er spielte nicht oft vor großem Publikum. Am letzten Sonntag im November waren sie noch zu neunzehnt gewesen, und da hatte Frau Bertsch-Baierle vom Kirchengemeinderat schon von einem „vollen Haus" gesprochen. Jetzt schmetterten über 1200 Kehlen in der großen evangelischen Stadtkirche zu St. Michael, was die Stimmbänder hergaben.

Kirchendiener Dönsdorff nahm den sichtlich im letzten Stadium der Lebendigkeit befindlichen Schneck am Ellbogen und schob ihn mehr, als dass er ihn führte, hinter die kleine Theke am rechten Seiteneingang, wo Dönsdorff die Woche über saß und Prospekte oder Postkarten an Touristen verkaufte, die den beeindruckenden Sakralbau besichtigen wollten.

Dort bettete er Schneck, der schon glasig schaute, auf die Karodecke, mit der er sich in der zugigen Kirche die Knie zu bedecken pflegte, wenn er Thekendienst schob. Mit seinem eigenen Mantel deckte er ihn zu.

Dönsdorff kannte Schneck. Schneck war stadtbekannt. Und stadtberüchtigt. Ein Immobilienhai, der alte Fachwerkhäuser kaufte, die Mieter rausekelte, die Häuser sanierte und zu völlig überteuerten Preisen an Zugezogene verkaufte. Ein Unsympath sondergleichen, den vor einigen Monaten – längst überfällig, wie viele dachten – die Frau verlassen hatte. Einer wie Schneck wurde auf dem Weihnachtsmarkt schon mal – hoppla! –

versehentlich mit Glühwein überschüttet, aber ihn gleich umbringen?

Dönsdorff – multitaskingfähig – winkte mit der Linken nach den Konfirmanden, die kichernd auf der Bank unter der Treppe zur Empore saßen, und mit der Rechten wählte er die Notrufnummer.

„Ihr sichert die Ausgänge, keiner darf die Kirche verlassen, verstanden? Immer zu zweit an einer Tür. Keiner darf raus!", befahl Dönsdorff den Konfirmanden. Und: „Hier ist ein Mord geschehen", flüsterte er in den Hörer.

Er winkte die Kids weg. Es waren ohnehin nur drei Türen für den Gottesdienst geöffnet. Und die Polizei hatte es nicht weit, die würden gleich da sein.

Tatort gesichert!

Und gleich darauf traf tatsächlich die Exekutive ein. Erst mal nur mit einem Streifenwagen, weil ja jeder behaupten konnte, er sei der Kirchendiener und es hätte beim größten Weihnachtsgottesdienst der Stadt einen verdächtigen Todesfall gegeben, aber die Beamten sahen schnell, dass es sich nicht um einen bösen Scherz handelte.

Schneck war definitiv tot.

Während der Gottesdienst zelebriert wurde und die andächtig Versammelten in dem flackernden Kerzenlicht zur monoton vorgetragenen Bibellesung in Halbtrance fielen, nahm der Lauf der Dinge seinen Gang.

Dönsdorff, der in diesem schicksalsträchtigen Moment förmlich über sich hinauswuchs, lief im Seitenschiff bis zur ersten Sitzreihe und steckte dem Herrn Pfarrer einen Zettel zu: *Ein Mann wurde ermordet, die Polizei ist schon da, predigen Sie etwas länger!*

Noch vor Beginn der Predigt traf Kommissar Hörlewein von der Mordkommission ein. Nach der Polizeireform hätte er eigentlich aus der nächsten Kreisstadt kommen müssen, wo sich seit kurzem sein Büro befand, aber er wohnte gleich um die Ecke und der diensthabende Beamte in der Zentrale hatte erkannt, dass hier Gefahr im Verzug war.

„Der Täter muss noch in der Kirche sein", bekräftigte Dönsdorff. „Ich stand direkt vor dem Hauptausgang, da hat man auch beide Seitentüren im Blick. Und seit der Schneck blutüberströmt auf mich zugetorkelt kam, hat keiner die Kirche verlassen."

Die Gemeindemitglieder, die mangels Sitzgelegenheit ganz hinten stehen mussten, bekamen natürlich mit, dass etwas im Argen lag, wussten aber nicht, was. Da sie sich nur einmal im Jahr in die Kirche verirrten und damit rechnen mussten, dass da eine Laienspielgruppe die Weihnachtsgeschichte nachspielen wollte und sich dafür schon mal in Stimmung brachte, waren sie von dem Hin- und Hereilen der mehrheitlich in Zivil gekleideten Polizisten nicht verängstigt. Höchstens irritiert.

„Geht das auch leiser?!", rief ein Mittvierziger im Kamelhaarmantel.

„Wir müssen auf jeden Fall eine Panik vermeiden." Der Kommissar hob den Blick in das riesige Mittelschiff der Kirche. Womöglich erbat er sich gerade Beistand von oben. Leicht würde es nicht werden. „Und wir müssen von jedem die Personalien aufnehmen."

„Was ist denn hier los?" Kirchengemeinderatsvorsitzende Bertsch-Baierle hatte sich zur Theke bemüht.

Dönsdorff zeigte auf den toten Schneck, der mittlerweile unter einem weißen Tuch lag, weswegen sich Frau Bertsch-Baierle nicht gleich erschloss, wieso das die Antwort auf ihre Frage sein sollte. Es sah ein wenig aus wie ein Haufen Schmutzwäsche unter einem Laken.

„Ein Mann wurde ermordet", erläuterte der Kommissar.

„Oh mein Gott!", entfuhr es Frau Bertsch-Baierle, die erbleichte.

„Der Schneck", stellte Kirchendiener Dönsdorff klar.

„Ach so." Frau Bertsch-Baierle gewann umgehend wieder an Farbe.

„Während wir hier die Spuren an der Leiche sichern, kann der Gottesdienst noch weitergehen, aber dann müssen wir die Personalien aller Anwesenden aufnehmen."

„Aller Anwesenden? Das dauert doch Jahre! Wie stellen Sie sich das vor? Das ist verrückt! Es ist Weihnachten! Die Leute wollen nach Hause und Bescherung feiern!" Frau Bertsch-Baierle argumentierte, und wenn sie argumentierte, wurde sie gern laut.

Der Kommissar zog sie nach draußen vor den Haupteingang, wo eine Skulptur von Drachentöter Michael ihr Sandsteinschwert schwang. Es zog eisig. „Hören Sie zu, ein Mörder befindet sich in der Kirche. Dieser Mann – diese Frau – darf nicht ungestraft davonkommen, der Ansicht sind Sie doch sicher auch."

Schneck hatte Frau Bertsch-Baierle einst das Elternhaus für einen Apfel und ein Ei abgekauft und nach der Sanierung einen Millionenbetrag dafür bekommen. Sie hielt die Frage des Kommissars daher für nicht eindeutig beantwortbar.

Pfarrer Zäuner auf der Kanzel predigte besonders langsam, betonte jede Silbe, legte Sprechpausen ein. Manchmal schaute er nach hinten zur Theke, aber niemand gab ihm ein Zeichen. Er war froh, dass er die Bergpredigt auswendig konnte. Für den Fall der Fälle würde er sie einfach an seine Predigt anhängen.

Mehrheitlich hatten die Leute das Gefühl, dass doch jetzt eigentlich der richtige Zeitpunkt für den Schlusschoral wäre. Es wurde unruhig in der Kirche, Füße scharrten, manche flüsterten, die Kerzen flackerten.

Kommissar Hörlewein hatte die Kirche wieder betreten und die Uniformierten angewiesen, mit ihren Notizbüchern an den vorderen und hinteren Emporentreppen Stellung zu beziehen.

Immer mehr Menschen tuschelten. Der Zeitpunkt war gekommen, vorn am Altar ein kurzes Statement abzugeben. Der Kommissar ging innerlich schon mal die Worte durch, die präzise und eindeutig sein mussten, aber den anwesenden Kindern keine Angst einjagen durften. Gemessenen Schrittes ging er durch den Mittelgang auf den Altar zu.

Er räusperte sich und wollte dem Pfarrer gerade ein Zeichen geben ...

... da geschah es!

Links vorn drehte sich ein hagerer junger Mann zu ihm um, sprang dann auf die Beine und wollte nach vorn, am Altar vorbei die Flucht ergreifen. In seiner Hand funkelte etwas. Die Tatwaffe?

„Stehenbleiben!", brüllte Hörlewein.

Der junge Mann hastete an der Blockflötengruppe der Grundschule Langer Graben vorbei, verheddert sich mit seinem Mantel am Taufbecken, riss sich los und stürmte in den Chor zum Notausgang.

Von rechts warf sich ein Streifenbeamter auf den Flüchtenden, verpasste ihn allerdings und landete in der Krippendarstellung, die die Jungs und Mädels der Werkschule am Wald in monatelanger Arbeit selbst geschnitzt hatten.

Hörlewein nahm die Verfolgung auf. Er zog seine Dienstwaffe. „Stehen bleiben!"

1200 Menschen stockte der Atem.

Der Flüchtende hatte den Notausgang erreicht und war Millimeter von der Freiheit entfernt, da segelte etwas durch die Luft.

Kurt Dönsdorff war nicht umsonst dreimaliger Landesmeister im Frisbee-Scheiben-Werfen. Das Silbertablett, auf dem sonst immer der Kelch für das Abendmahl stand, erwischte Hajo Welling, 24, an der Schläfe und knockte ihn aus.

Dönsdorff nickte.

Das hier war *seine* Kirche. Und keiner verging sich in *seiner* Kirche am Inventar oder an den Gemeindeschäfchen.

Schmölling oben an der Orgel war in diesem Moment sehr versucht, eine Ennio-Morricone-Melodie zu orgeln ...

„Ich sag's nur ungern, aber das Opfer hatte einen Herzinfarkt", erklärte Rechtsmediziner Dr. Anselm Herbst, 54, gleich darauf, während er sich um den am Boden liegenden Hajo Welling kümmerte, der – das stand zu vermuten – eine Gehirnerschütterung davongetragen hatte.

„Wie? Er hier?", fragte Hörlewein.

„Nein, der Typ hinter der Theke."

Fräulein Kieser vom Kirchenchor machte sich derweil die in ihrer wilden Jugend als Animateuse auf Ibiza antrainierten Entertainmentfertigkeiten zunutze und motivierte die 1200 Gottesdienstbesucher zum dreistimmigen *O-du-fröhliche*-Singen. „Die Empore links fängt an, dann wir hier unten, dann die Empore rechts!", rief sie gerade fröhlich. „Maestro, den Einsatz bitte!"

Schmölling haute in die Tasten.

„Aber das Blut?", fragte Hörlewein über den einsetzenden atonalen Wechselgesang hinweg.

„Blut? Leute, echt. Hat einer von euch mal dran gerochen? Das ist kein Blut, das ist Spaghettisoße." Dr. Herbst kicherte in sich hinein.

Herzinfarkt? Dönsdorff trat den geordneten Rückzug an. Klar, von der Frau verlassen, in der Küche eine Null, Tischmanieren wie ein Affe im Zoo, Flecken gegenüber gleichgültig – das passte zu Schneck.

„Und der hier?" Hörlewein ließ nicht locker. „Wieso wollte der sich absetzen?"

„Deshalb vielleicht?"

Das funkelnde Etwas in der linken Hand von Kleindealer Hajo war eine Alu-Tüte mit Hasch. Dr. Herbst reichte sie Hörlewein.

„Und jetzt alle gemeinsam!", rief Fräulein Kieser.

O du fröhliche, schallte es aus 1200 Kehlen.

Kurt Dönsdorff verschwand in die Nacht ...

Friede, Freude, Gänsekeule

„Ho, ho, ho!", rief Detlef in die Kamera, die an der Pforte vor der Villa die Besucher kritisch beäugte. „Der Weihnachtsmann ist da!"

„Sie sind zu spät. Nun aber hurtig", krächzte eine geschlechtsneutrale Stimme aus der Sprechanlage, und die Pforte öffnete sich lautlos.

Detlef, Gerd und Rüdiger marschierten die Kiesauffahrt hinauf. Passenderweise fing in diesem Moment der Schnee leise zu rieseln an.

Vorn an der Villa trat eine Dame mittleren Alters vor die Tür. Sie trug ein graues Kaschmirkleid mit Perlenkette und einen äußerst gestrengen Blick. „Etwas zackiger, meine Herren. Wir hätten beinahe schon mit der Gans angefangen. Das wird sich auf Ihr Trinkgeld auswirken!"

„Heiligabend ist immer die Hölle los, gnädige Frau." Detlef lächelte entschuldigend. Dem Lächeln von Detlef konnte man eigentlich nicht widerstehen, schon gar nicht, wenn er wie an diesem Heiligabend in einem leuchtend roten Weihnachtsmannkostüm steckte. Kugelrund, verschmitzte Äuglein, breites Lächeln, Bassstimme – er spielte den Weihnachtsmann nicht, er *war* der Weihnachtsmann.

Die Kaschmirfrau widerstand seinem Lächeln dennoch. Hart wie Kruppstahl. „Das interessiert mich nicht", erklärte sie. „Wenn ich Sie für fünf Uhr buche, dann will ich Sie auch um fünf Uhr hierhaben und nicht um ..." Sie sah auf ihre diamantenbesetzte Armbanduhr. „... um sechs Uhr zwo."

Detlef nickte verstehend.

Zweimetermann Gerd neben ihm war als Weihnachtself in grüne Leggins und rote Zipfelmütze gehüllt, ein Zugeständnis an alle, die zu viele amerikanische Weihnachtsfilme gesehen hatten. „Merry Christmas", brummte er und beugte sich vor, um der Kaschmirfrau einen Kuss zu geben. Detlef boxte ihm seinen dicken Ellenbogen gerade noch rechtzeitig in die Rippen. „Was denn?", beschwerte sich Gerd. „Sie steht doch unter einem Mistelzweig!" Detlef und die Kaschmirfrau rollten synchron mit den Augen.

Rüdiger beschlich ein ganz ungutes Gefühl. Er gab in diesem Szenario das typisch deutsche Christkind. Ja gut, eine Frauenrolle, aber er war auch nur die Aushilfe und musste froh sein, dass er überhaupt noch einen Job bekommen hatte. Das sicherte ihm die Miete. Zehn Auftritte bis Mitternacht, 200 Euro bar auf die Kralle.

Rüdiger trug ein weißes Spitzenkleid und eine wallende Blondhaarperücke. „Joyeux noël", rief er, improvisierend, um dem Multikultigedanken Rechnung zu tragen. Er gab heute die Mère Noël.

Detlef warf ihm einen warnenden Blick zu. „Fröhliche Weihnachten", korrigierte er.

„Jetzt noch nicht", erklärte die Hausherrin barsch. „Drinnen warten schon alle. Ich hoffe, Sie wissen, was Sie zu tun haben?" Sie wedelte mit der Liste, die die drei Männer in Kopie auch schon von der Weihnachtsmannagentur erhalten hatten: die Namen der Anwesenden sowie eine Übersicht der Geschenke und die Reihenfolge des Verteilens.

„Keine Sorge, gnädige Frau, wir sind Profis", versicherte ihr Detlef und nickte. Gerd nickte auch.

Rüdiger nickte ebenfalls, hatte aber in diesem Augenblick noch keine Ahnung, worauf er sich da eingelassen hatte, sonst hätte er zweifelsohne seine Christkindbeine in die Hand genommen und wäre gerannt, gerannt, gerannt ...

Rüdiger war Schauspieler. Eigentlich.

Leider kein guter. Und selbst die guten hatten ja schon Probleme, an Engagements zu kommen. Im Seniorenwohnheim Sonnenberg las Rüdiger bisweilen Rilke- oder Hesse-Gedichte und im Kinderferientheater Brausemaus war er bereits eine feste Größe als Mädchen für alles, aber die Bretter, die die Welt bedeuten, kannte er noch nicht wirklich. Und seine Fernseherfahrung beschränkte sich auf einen Joghurt-Werbespot, in dem man ihn für exakt 0,2 Sekunden von hinten auf einer Kuh reiten sah.

Seinen Lebensunterhalt verdiente er mit Gelegenheitsjobs, die er aber immer für sich zu nutzen wusste. Wenn er für *Clean & Easy* putzen ging, gab er den polnischen Putzmann und führte in seiner Tupperdose polnische Dauerwurstwaren als Pausenimbiss mit sich. In der Autowaschanlage *Wash & Clean* mimte er den Proll aus dem Ruhrpott und trug unter der orangefarbenen Autowaschanlagenuniform ausnahmslos Netzhemd. Schauspieler, das war für Rüdiger eben kein Beruf, sondern Berufung.

Und nun hatte er diesen Job als Christkind in der Weihnachtsmannagentur bekommen. Als Krankheitsvertretung. Ein Anruf in letzter Minute. Nachdem Rüdiger beschlossen hatte, die Rolle französisch anzulegen.

Detlef und Gerd dagegen waren alte Hasen im Gewerbe. Dachte Rüdiger. Da irrte er sich. Nur halb, aber immerhin. Also, alte Hasen ja, aber anderes Gewerbe.

Detlef und Gerd waren nämlich gar nicht Detlef und Gerd. Der echte Detlef und der echte Gerd lagen gefesselt und geknebelt in der Umkleide von *Rent-a-Santa*.

Aber das wurde Rüdiger erst klar, als Detlef mitten hinein in die Runde der Messerschmidts trat, eine Schnellfeuerwaffe aus seinem Weihnachtsmannsack zog und mit seiner donnernden Bassstimme „Hände hoch und keine Bewegung!" brüllte.

Die Messerschmidts gehörten zu den oberen Zehntausend der Stadt. Schon seit Generationen.

„Ohgottohgottohgott", flüsterte Maximilian Messerschmidt der Dritte, das derzeitige Oberhaupt der Familie. Er sackte auf dem Sofa zusammen.

„Reiß dich zusammen, du Memme!", blaffte seine Frau. „Das wagen Sie nicht!", herrschte sie Detlef an, der ihr die Diamantuhr vom Handgelenk streifen wollte.

„Und wie ich das wage." Detlef gab, nur mal so zur Warnung, eine Schnellfeuerrunde in die Stuckdecke ab.

Leise rieselte der Putz.

Im Salon befanden sich noch die erwachsenen männlichen Zwillinge des Ehepaares mit ihren jeweiligen blondierten Gespielinnen sowie die pausbäckige Haushälterin der Familie. Deren zehn Arme waren längstens oben. Nun folgten widerwillig auch die Kaschmirarme von Frau Messerschmidt, um eine Armbanduhr leichter.

„Na bitte, geht doch", schmunzelte Detlef.

Kurz darauf saßen alle verschnürt und mit ihren Socken beziehungsweise Feinstrumpfhosen im Mund auf dem Perserteppich.

„Und du?", fragte Detlef und richtete die Mündung des Schnellfeuergewehrs auf Rüdiger. „Bist du für uns oder gegen uns?"

Rüdiger stand wie zur Salzsäule erstarrt vor dem Kamin. Sein Hintern wurde zunehmend heißer, aber jedwede Bewegung war ihm unmöglich. Schockstarre. Wo war er hier hineingeraten?

Es schien ihm alles so unwirklich.

Das Ambiente um ihn herum war beschaulich-weihnachtlich: riesige Nordmanntanne, geschmückt in Rot und Gold. Leise Weihnachtsmusik – natürlich nicht *O du fröhliche* wie in Plebejer-Wohnzimmern, vielmehr intonierte ein Knabenchor das *Weihnachtsoratorium* von Bach. Die Duftwolken von Plätzchen, einem Erzgebirgeräuchermännchen und Gans mit Apfelrotkohl waberten in der Luft.

Aber in krassem Gegensatz dazu Detlef als Weihnachtsmann aus der Hölle mit dem Schnellfeuergewehr im Anschlag.

Rüdiger schluckte schwer.

Er war nicht zum Helden geboren. Schon die Androhung von Gewalt ließ ihn erzittern. Er war eine rückgratlose Memme und würde seine eigene Familie ans Messer liefern, wenn man ihm nur ein wenig Zigarettenrauch ins Gesicht blies.

Gerd lief derweil nach oben in den ersten Stock der Villa, vermutlich um den Schlafzimmertresor auszuräu-

men. Oder wo reiche Menschen sonst so ihre Habseligkeiten horteten. Rüdiger hatte keine Ahnung. Er zuckte
zusammen, als Detlef sich vor ihm aufbaute. „Was ist
jetzt? Bist du mit von der Partie?"

Rüdigers Adamsapfel hüpfte.

Einer Antwort wurde er Gott sei Dank enthoben, weil
über ihnen plötzlich ein entsetzliches, Blut in den Adern
erstarren lassendes Geschrei ertönte. Die unmenschli-
chen Schreie entrangen sich eindeutig der Kehle von
Gerd. Wie schützten die Messerschmidts ihre Wert-
sachen? Mit eisernen Fußfallen? Die Schreie schienen
nicht enden zu wollen.

Detlef fuchtelte mit dem Schnellfeuergewehr. „Was
ist da los?", verlangte er brüllend zu wissen.

Die gefesselten und geknebelten Messerschmidts
guckten nur, wie man als Geisel eben guckt. Ängstlich.
Bis auf die Hausherrin in Kaschmir, die guckte empört.

„Geh nachsehen!", befahl Detlef und schubste Rüdiger in Richtung Treppe.

Rüdiger hob das weiße Spitzenkleid an, pustete
sich eine blonde Kunsthaarlocke aus dem Gesicht und
stieg vorsichtig die Stufen hoch. Der Gedanke an Flucht
keimte kurz in ihm auf, aber Detlef stand mit dem Ge-
wehr in der Tür und beobachtete mit dem rechten Auge
die Geiseln und mit dem linken Auge ihn. Dabei half
ihm, dass er von Natur aus schwer schielte.

Stufe um Stufe näherte sich Rüdiger den Schmerzens-
schreien von Gerd. Vielleicht hatten die Messerschmidts
im ersten Stock ja auch einen Bodyguard-Schrägstrich-
Ninja versteckt, der Gerd gerade mit gezielten Handkan-
tenschlägen viertelte? Rüdiger konnte kein Blut sehen.

Sein Adamsapfel hüpfte schon wieder. Konnten Adamsäpfel Muskelkater bekommen?

Als er den Treppenkopf erreicht hatte, sah er, was das Problem war. Ein riesiger, gescheckter Pitbull hatte sich in Gerds grünes Weihnachtselfgesäß verbissen.

Rüdiger hatte einmal gelesen, dass es unmöglich war, den Kiefer dieser vierbeinigen Kampfmaschinen auseinanderzuhebeln, wenn sie sich erst mal verbissen hatten. Das sah nicht gut aus für Gerd.

„Mach doch was!", schrie Gerd.

Rüdiger öffnete die erste Tür rechts. Ein Badezimmer. Ziemlich edelkitschig mit vergoldeten Armaturen. Auch hier Weihnachtsdeko in Form von weißen Keramik-Engeln. Er füllte einen Zahnputzbecher mit Wasser, trat wieder hinaus auf den Flur und schüttete das Wasser über den Hund.

Wenn in diesem Augenblick Hund und Opfer etwas einte – außer der Tatsache, dass sich die spitzen Hauer des einen in die Weichteile des anderen verbissen hatten –, dann der verächtliche Blick ihrer Augen. Der Blick galt Rüdiger.

„Hilft nicht", konstatierte Rüdiger.

Gerd sah aus, als hätte er Rüdiger am liebsten erwürgt. Der Hund knurrte.

„Isch sagé Detlef Bescheid", erklärte Rüdiger und trat den strategischen Rückzug an.

„Hat er wenigstens schon irgendwas einkassiert?", wollte Detlef wissen, nachdem Rüdiger ihm Bericht erstattet hatte.

„Äh ... isch 'abe nicht gefragt ..." Rüdiger schürzte die Lippen.

Jedem anderen hätte ein Kerl wie der falsche Detlef in diesem Moment den Lauf der Knarre gegen die Nase gerammt, aber nicht Rüdiger. Rüdiger war das personifizierte Unschuldslamm. Naiv und lieb. Aber auch strunzdumm.

„Dann geh hoch und frag ihn", raunzte Detlef. „Hier, nimm das Messer mit und schneid der Töle die Kehle durch." Alle Messerschmidts gaben Jammerlaute hinter ihren Socken beziehungsweise Feinstrümpfen von sich, sogar die Kaschmirfrau, aber die vermutlich nur, weil sie Angst hatte, die Putze könnte die Blutflecken nicht aus dem Teppichboden bekommen.

Rüdiger stapfte die Treppe hoch. Er hatte noch nie etwas getötet. Nicht, dass er Vegetarier war, aber was er aß, pflegte bereits tot zu sein. Und im Grunde mochte er Hunde. Wer wusste schon, ob nicht Gerd in diesem Fall der Böse war und ob er den braven Haushund grundlos getreten hatte? Vielleicht handelte es sich seitens des Hundes um reine Selbstverteidigung?

Oben war es in der Zwischenzeit noch lauter geworden. Gerd wirbelte wie ein Derwisch im Kreis und schrie gellend. Der Hund hing festgebissen an Gerds Hintern und rotierte in dieser Halbhöhe knurrend durch die Luft.

Rüdiger räusperte sich.

Gerd bekam in seiner Raserei davon nichts mit.

Der Hund sah Rüdiger, sah das Messer, sah die Butter an dem Messer und machte sich weiter keine Sorgen.

Auf dem Teppichboden lag der Weihnachtsmannsack von Detlef. Vorhin war er noch schlaff gewesen, jetzt blähte er sich prall auf. Bestimmt voller Beute.

Rüdiger nahm den Sack an sich.

Er schaute noch einmal den Hund an, von dessen wild glühenden Augen er immer nur bruchstückhaft etwas sah, wenn der Pitbull an ihm vorbeigeflogen kam. Rüdiger ließ das Buttermesser fallen.

Gerds Geschrei tat seinem Trommelfell weh.

Rüdiger schulterte den Sack und ging wieder nach unten.

Detlef stand nicht mehr in der Tür. Er stand vornübergebeugt am Esstisch und schnupperte.

„Rieche ich da etwa eine Hefeteigfüllung?" Er schnupperte geräuschvoll. Der falsche Detlef war begeisterter Hobbykoch. Er sah zu der Haushälterin. „Mit einem Sirup aus Honig und Sojasoße eingestrichen?" Er fuhr sich mit einer fleischigen Zunge über die Lippen.

„Du, Detlef", sagte Rüdiger und vergaß dabei seinen französischen Akzent nicht. „Gerd ist unabkömmlich, und das Messer war nicht scharf genüg für die ’ünd."

„Und was ist in dem Sack?", wollte Detlef wissen, richtete sich auf und trat einen Schritt auf Rüdiger zu.

Dummerweise hatte Rüdiger schon vor Detlefs Frage mit dem rechten Arm Schwung geholt, um ihm den Sack zuzuwerfen. Der Sack traf Detlef folglich unvorbereitet volle Kanne mitten ins Gesicht, weswegen er nach hinten stolperte, den Halt verlor und rücklings zu Boden ging. Dabei löste sich eine neue Salve aus dem Schnellfeuergewehr. Alle kauerten sich zusammen, auch Rüdiger. Er hörte noch einen dumpfen Knacks, dann Stille.

Die Stille des Todes.

Also, abgesehen von Gerds Schreien und dem Knurren des Hundes aus dem oberen Stockwerk. Und dem immer noch oratierenden Knabenchor aus den teuren Bose-Boxen.

Detlef lag reglos vor dem Esstisch. Auch seine Brust hob und senkte sich nicht mehr.

Rüdiger tippte auf finalen Genickbruch.

Wenn Rüdiger in seinen 22 Lebensjahren etwas klar geworden war, dann, dass er nicht zu den hellsten Köpfen auf diesem Erdenrund gehörte. Zum Nachdenken brauchte er immer etwas länger. So stand er und stand er und erwachte erst aus seinem Grübelkoma, als es mit einem Schlag totenstill wurde. Die Knabenchor-CD war verstummt und aus dem oberen Stockwerk hörte man weder Schreie noch Knurren.

In diese Stille hinein reifte in Rüdiger spontan eine Erkenntnis. Er steckte zu tief drin. Ein Anruf bei der Polizei stand mittlerweile außer Frage. Ihm kam zugute, dass die Agentur ihre Aushilfen schwarz beschäftigte und er deshalb einen erfundenen Namen hatte angeben können: Jacques Clouseau, französischer Austauschstudent.

Nein, es gab keinen Weg zurück. Er musste auswandern, irgendwohin weit weg, Patagonien oder Frankfurt an der Oder. Er würde sich etwas Geld von den Messerschmidts ausleihen und andernorts noch mal völlig neu anfangen.

Aber man durfte ihn unterwegs nicht erkennen. Also fing er an, Detlef auszuziehen.

Detlef war im Übrigen nicht tot, nur komatös. Das feuerrote Weihnachtsmannkostüm war Rüdiger definitiv zu groß und hing formlos an seinem hageren Körper herab, aber egal, dann sah er eben aus wie der Weihnachtsmann nach einer Weight-Watchers-Diät. Er wollte ja keinen Weihnachtsmannschönheitswettbewerb gewinnen. Hauptsache, man erkannte ihn nicht als Rüdiger.

Eklig war der Bart. Rüdiger hasste Vollbärte. In denen lebten Suppennudeln, Zecken und anderes Kleingetier. Er spürte förmlich, wie die Eiterflechte zu wuchern begann, als er sich den Bart überstreifte. Aber es half ja alles nichts.

Als er sich rundum verkleidet aufrichtete und den Sack schulterte, hörte er auf einmal wieder das Knurren des Pitbulls. Nur sehr viel lauter. Und näher. Quasi direkt hinter ihm.

Rüdiger drehte sich um.

Und ja, da stand er. So nah, dass Rüdiger das Namensschild am Halsband lesen konnte.

Sonja.

„Ho, ho, ho", rief Rüdiger und versenkte das Messer tief ins Fleisch.

Es hatte etwas von einem Schlachtfest an sich.

Mit dem Tranchieren hatte er es nicht so: Soße spritzte auf, Gänsefetzen flogen.

Sonja sabberte erwartungsvoll.

Frau Messerschmidts Augenbrauen schossen nach oben. Sie hätte gern „Passen Sie doch auf! Das ist eine Bio-Freilauf-Edelgans, nach einem Lafer-Rezept geschmort!" gerufen, aber sie konnte nicht, sie hatte ihre Wolford-Strumpfhose im Mund.

„Isch bedauere die Soßeflecke auf der Damasttischdecké, aber dursch diesen ekligen Bart se'e isch kaum etwas", entschuldigte sich Rüdiger.

Man konnte ihm wirklich keinen Vorwurf machen: Es war ein billiger Einer-passt-allen-Rauschebart aus dem Fundus von *Rent-a-Santa*, für Rüdigers schmales

Gesicht viel zu füllig und nach unsachgemäßer Reinigung zu urwaldgleicher Verstruppheit föngeblasen.

Rüdiger warf Sonja einige Gänsehappen zu, ohne Knochen, dann säbelte er herzhaft weiter. Er hatte eine lange Flucht vor sich und brauchte unterwegs womöglich Stärkung. Als er der Prachtgans endlich beide Beine amputiert hatte, strahlte er glücklich: „Gänsekeulen-to-go!"

Die große Standuhr mit dem Westminsterschlag schlug 19 Uhr, als Rüdiger die Gänsekeulen – in Stoffservietten gehüllt – in seine Weihnachtsmannhosentaschen schob. Er schulterte den Sack, von dem er noch nicht wusste, dass eine Viertelmillion Euro in steuerhinterzogenem Schwarzgeld darin lag und die Köhlbrand-Messerschmidts den Verlust dieser Summe den dreißig Minuten später – aufgrund des Anrufs eines „anonymen Nachbarn" – eintreffenden Streifenbeamten nicht mitteilen konnten.

Sie konnten nur den falschen Detlef (schwere Gehirnerschütterung, geprellte Halswirbel) und den falschen Gerd (Kreislaufkollaps nach Hundebissschocktrauma) wegen Einbruchsversuchs mit Geiselnahme verhaften lassen. Dass ein Dritter im Bunde gewesen war, verschwiegen die Messerschmidts. Und auch *Rent-a-Santa* breitete den Mantel des Schweigens über den nicht versicherten Schwarzarbeiter. Es war, als hätte Rüdiger nie existiert.

Die letzten Worte des sehr real existierenden Rüdiger an die Messerschmidts hatten gelautet: „Isch werde Rettüng für Sie verständigen, sobald isch genügend Vorsprüng 'abe." Nur nicht aus der Rolle fallen! Das hatte er aus einem Zeitungsinterview mit Robert de Niro. Hoffentlich gab es in Patagonien oder Frankfurt an der

Oder eine Theatergruppe, der er sich anschließen konnte. Ihm würde sonst was fehlen.

Dann war Rüdiger hinaus in die Nacht geschritten.

Pitbull Sonja sah ihm nach, sah zu den Messerschmidts, sah wieder zu Rüdiger und lief ihm wackelnd hinterher.

Hund und Herr marschierten dem Horizont entgegen. Den Sonnenuntergang musste man sich dazudenken. Es war ja der 24.12. und somit um diese Zeit schon stockfinster in dem feinen Villenvorort.

Aber eins war klar, auch wenn es die beiden in diesem Moment noch nicht wussten: Sie waren auf ihrem Weg ins Glück.

Ein Weihnachtshappyend!

Weihnachtswünsche werden wahr!

„Hände hoch und keine Bewegung!"

Man denkt ja schon hin und wieder, wenn man in einer Bank in der Schlange vor dem Schalter steht und nichts weiter zu tun hat, als zu warten, also dann denkt man, was wäre, wenn jetzt ein Banküberfall stattfände?

Aber wer rechnet schon damit, tatsächlich in einen Banküberfall zu geraten? Niemand! Und wenn doch, dann sicher nicht in der Genossenschaftsbank Rosengarten-Uttenhofen. Und noch viel sicherer nicht in einen Banküberfall, den der Weihnachtsmann mit seinem Weihnachtselfen durchführt. Und zwar knallhart, wenn ich das sagen darf.

„Auf den Boden und keine Bewegung. Wer auch nur mit dem Augenlid zuckt, wird erschossen, klar?"

Klar.

Oma Röttke und Filialleiter Böcking und ich – hier in Rosengarten-Uttenhofen kennt man sich noch beim Namen – lassen uns in einer fließenden Bewegung zu Boden gleiten. Wie beim Synchronschwimmen, nur ohne Wasser. Wobei ich einen Tick schneller bin als die anderen. Kein Wunder, die Röttke ist alt und der Böcking fett.

„Und keinen Mucks. Ich will absolute Stille, verstanden?", ruft der schmächtigere der Elfen mit vom Rauchen krächziger Fistelstimme.

Oma Röttke, Böcking und ich haben ihn verstanden, George Michael aber nicht, der schmettert weiterhin *Last Christmas I gave you my heart.*

Als er zu *the very next day you gave it away* kommt, ballert der Elf die Box von der Wand. Na ja, er ballert daneben, schlägt dann aber mit dem Lauf seiner Knarre fest gegen die Box, die aus der Halterung fliegt und beim Aufprall auf dem Boden freiwillig in Klein- und Kleinstteile zerbirst.

Kurzes elektrisches Knistern.

Dann Stille.

„Wenn ich euch atmen höre, knall ich euch ab!", droht der Elf.

„Äh ...", meldet sich Böcking aus der Tiefergelegten.

Mutig, der Mann.

Der Elf hält ihm eine Waffe an den Kopf. Jetzt kenne ich mich mit Waffen nicht wirklich gut aus, aber die sieht aus, als ob sie mächtig Wumms hätte. Werde ich mir gleich die Überreste von Böckings Schädel aus den Haaren zupfen müssen?

„Was hab ich gerade gesagt?", kreischt der Elf.

Böcking verstummt.

Ich bin mir ziemlich sicher, dass er sagen wollte, dass es Dienstag ist und dass dienstags so gut wie kein Geld in der Bank ist. Es ist ja ohnehin nie viel Bargeld da, aber dienstags eben nicht mal die Markteinnahmen der Bauern und zu dieser Uhrzeit auch nicht die Tageseinnahmen der insgesamt drei Läden in unserem Dorf, Bäcker Hauff, dem Tante-Emma-Laden von Ehepaar

Holtkötter und dem „Blumen und mehr" von Sissi Maxian und ihrer Cousine Nina. Kurzum, kein Geld. Es gibt auch keine Schließfächer. In der Filiale der Genossenschaftsbank ist das Wertvollste an diesem Morgen die goldene Uhr des Filialleiters, die sein Vater nach fünfzig Jahren Bankzugehörigkeit vom Vorstand verliehen bekommen und an seinen Sohn vererbt hat.

Der Weihnachtsmann, ein feister Geselle in traditionellem Rot, der über seinen bauschigen falschen Rauschebart hinweg vermutlich kaum etwas sehen kann, verriegelt die Tür. Dann geht er zum Fenster, öffnet es, brüllt „Obacht!", hebt seine Waffe und feuert wie wild aus einem Maschinengewehr ins Freie. Es rattert und knattert wie in einem Kriegsfilm von Spielberg.

Geschrei, Autohupen, das knirschende Geräusch von Metall auf Metall, noch mehr Geschrei.

„Oh weh, oh weh", jammert Oma Röttke.

„Ruhe!", kreischt der Elf.

Ich mache mir nicht wirklich Sorgen um die da draußen – ich war ja gerade eben selbst noch eine von denen. Auf der Straße hatte ich außer dem Weihnachtsmann und seinem Elf und dem alten Bode vom Bode-Hof niemanden gesehen. Um den alten Bode war's nicht schade, der hatte letzte Woche bei der Abstimmung zur Westumgehung als Einziger mit Nein gestimmt, und sollte ein zufällig durch Rosengarten-Uttenhofen fahrender Fremder seinen Wagen zu Schrott gefahren haben, wäre das doch ein wunderbares Argument für die Umgehungsstraße, oder nicht?

Jedenfalls liegen Oma Röttke, Böcking und ich daraufhin wie tot auf dem Boden – wir rühren uns nicht, wir atmen nicht, und dass wir noch leben, erkennen wir allenfalls am Zucken der Lider.

„Banküberfall", brüllt der Weihnachtsmann aus dem Fenster.

Ich wundere mich über diesen Hang zur Publicity, der muss doch eher auf Privatsphäre bedacht sein, denke ich, sage es aber nicht und denke gleich darauf, dass die Zeiten sich geändert haben. Womöglich postet er den Überfall gleich als Status-Update bei Facebook und Twitter. Mit Foto.

„Du da", fistelt der Elf und tritt Herrn Böcking mit dem bestrumpften Fuß in die Leibesmitte. „Mach den Tresor auf."

Böckings Leibesmitte ist umfangreich und empfindliche Teile scheinen durch den Tritt nicht beschädigt worden zu sein. Er erhebt sich schnaufend und klopft den Staub von seinem anthrazitgrauen Modehaus-Röther-Anzug.

Ja, das fällt mir jetzt im Liegen auch sehr deutlich auf: Es hat Staubmäuse in der Filiale. Wer putzt hier eigentlich? Wird hier überhaupt geputzt? Fange ich mir möglicherweise eklige Bakterien ein, wenn ich hier so liege?

Böcking zögert.

Ich nicke ihm auffordernd zu. Will er jetzt etwa den Helden spielen?

Da knallt schon wieder ein Schuss.

„Oh Gott!", entfährt es Oma Röttke.

„Ruhe!", brüllt der Elf.

Ich linse nach oben, aber niemand scheint verletzt. Nur Böcking hat sich die Hose eingenässt.

„Ich sagte, mach mir den Tresor auf!"

Böcking und der Elf begeben sich ins Hinterzimmer.

Draußen hört man Polizeisirenen.

„Oh Gott oh Gott", jammert Oma Röttke leise. Die Frau ist ja förmlich eins mit ihrem Fernsehapparat –

ich weiß das, ich kann von meiner Küche aus in ihr Wohnzimmer schauen –, und daher weiß sie, dass wir zu Geiseln werden, wenn die Bullen da sind, bevor die Bankräuber verschwinden konnten. Und was mit Geiseln passiert, liegt auf der Hand. Wir werden als blutige Häuflein Mensch enden.

Ich will schlucken, aber meine Spucke ist in der sengenden Hitze meiner Angst vertrocknet. Angst ist nämlich kochend heiß, nur Angstschweiß ist eisig. Ich muss das wissen, davon habe ich nämlich auch reichlich.

Der Moment, in dem der Elf Böcking aus dem Hinterzimmer schubst und dem Weihnachtsmann „He, da waren satte fünfhundert Schleifen drin" zuruft, ist zufällig auch der Moment, in dem zwei Streifenwagen mit quietschenden Reifen vor der Filiale zum Stehen kommen.

Das kann ich natürlich nicht sehen, das entnehme ich dem Liveticker aus dem Mund des Weihnachtsmannes.

„Schau her, gleich mit zwei Bullenschaukeln. Hui, die Waffen im Anschlag. Ah, da kommen noch mehr. Audi, was auch sonst." Er zieht sich vom Fenster zurück. Erst ruft er aber noch: „Keinen Schritt näher, sonst sterben die Geiseln."

Zum Glück schließt er daraufhin das Fenster, denn es kommt doch recht kalt herein und aus dem Physikunterricht weiß man ja, dass Kälte sinkt und Wärme steigt. Ihm da oben ist sicher noch angenehm mollig, aber ich hier unten auf dem Boden friere.

Oma Röttke hat mit dem Leben abgeschlossen. Aber die Frau ist weit über achtzig. Ich dagegen hatte mir noch ein bisschen Spaß erhofft.

Der Elf schubst Böcking zu Boden.

So, wie er zu liegen kommt, befindet sich mein Kopf an seinen Lenden, und ich weiß nicht, ob ich es schon erwähnt habe, aber seine Lenden riechen nach

Urin. Möglichst unauffällig versuche ich, mich von ihm wegzurobben.

Da klingelt das Telefon.

Das kennt man nun ja zur Genüge: Die Polizei ruft an, um zu verhandeln. Und Zeit zu schinden, bis ein Sondereinsatzkommando die Filiale stürmt. Wie damals die GSG 9 in Mogadischu die Landshut stürmte. Damals hatte es kurz zuvor Kapitän Schumann erwischt. Würde diesmal Böcking dran glauben müssen? Ich sag's nicht gern, aber besser er als ich.

Weil der Weihnachtsmann und der Elf dadurch abgelenkt sind, merken sie nicht, wie ich millimeterweise immer mehr in die Kaffeeecke robbe.

„Die Show geht los", sagt der Elf.

„Bitte alles anschnallen", sagt der Weihnachtsmann.

Die beiden kichern.

Der Elf nimmt den Hörer ab. „Wer da?", fragt er lästerlich.

Der Weihnachtsmann und er kichern noch etwas mehr.

Dann vergeht dem Elf das Kichern. „Der kann jetzt nicht!", bellt er und knallt den Hörer auf die Gabel. „Blöde Schnepfe", schimpft er. Und „Das war Ihre Frau, ob Sie heute Abend pünktlich zum Essen kommen? Wohl eher nicht!", sagt er zu Böcking.

Der Weihnachtsmann zieht eine Schachtel Zigaretten aus seinem Sack und zündet sich eine Fluppe an.

Böckings Lippen bewegen sich. Bestimmt will er „Rauchen ist hier nicht erlaubt" sagen, aber er sagt es lautlos.

Da klingelt das Telefon schon wieder.

„WAS?", brüllt der Elf in den Hörer.

Jetzt scheint es die Polizei zu sein. Er zwinkert dem Weihnachtsmann zu.

Das Verhandeln geht los.

Ich robbe derweil weiter in Richtung Kaffeeecke. Nein, ich schlängele mich mehr, als dass ich robbe.

Böcking hat, ebenso wie die Röttke, offenbar mit dem Leben abgeschlossen. Er hat die Augen verdreht, als ob er gerade wieder in seine Anzughose strullert, sie starrt blinzellos zur gläsernen Eingangstür. Weil sie so gar nicht blinzelt, gehe ich mal davon aus, dass sie einen Schlag erlitten hat.

Ich schlängelrobbe weiter.

„Wir wollen einen Hubschrauber", verlangt der Elf. Nach kurzem Schweigen nölt er: „Ist mir doch egal, ob der hier nicht gut landen kann. Hubschrauber oder die erste Geisel stirbt!"

Er knallt den Hörer auf die Gabel.

„Du hättest ihm eine Uhrzeit nennen sollen", kritisiert der Weihnachtsmann.

„Halt die Klappe", mosert der Elf und feuert eine Runde aus seiner Knarre. Ich erwarte, dass mir der Putz wie Schnee von oben in den Nacken rieselt, aber nichts.

Zumindest ist Oma Röttke vor Schreck zusammengefahren. Sie lebt also noch.

Ich habe es in der Zwischenzeit geschafft und liege in der Kaffeeecke. Das war nicht wirklich eine Leistung, denn wir sprechen hier von der Filiale der Genossenschaftsbank in Rosengarten-Uttenhofen und deren räumliche Ausmaße betragen sechs auf sechs Meter. Im Grunde ist es mit uns fünf schon überfüllt.

Das Telefon klingelt erneut.

Der Elf reißt das Kabel aus der Wand und schleudert das Telefon mit Schmackes – zack! – durch die geschlossene Fensterscheibe.

„Hubschrauber her oder die erste Geisel stirbt!",
schreit er und duckt sich, falls die da draußen das Feuer
eröffnen.

Was sie aber nicht tun.

Weil er nun aber so geduckt kauert, merkt er, dass
die weihnachtskrippentypische Dreierformation – Je-
suskind, Maria und Joseph oder auch die drei Weisen
aus dem Morgenland beziehungsweise Ochs, Esel und
Schaf oder in unserem Fall Böcking, Röttke und ich –
sich auseinanderdividiert hat. Mittig im Raum liegen
nur noch der Filialleiter und die greise Kundin und das
junge Ding, will heißen: ich, liegt plötzlich in der Ecke
neben der Tür.

Der Elf springt auf.

Er denkt wohl, ich will mich durch die Tür verab-
schieden. Aber da hat er falsch gedacht. Die Tür ist ja
abgeschlossen, da komme ich nicht raus. Aber der Kaffee in der Kanne auf der Warmhalteplatte der Kaffee-
maschine ist dampfend heiß.

Noch während sich der Elf aufrichtet, bin ich schon
auf Knien und habe die Kanne gepackt.

Ich rufe nicht erst lange „Waffe weg, sonst schütte
ich", nein, ich schütte vorwarnungslos. Ins Gesicht.

Der Elf schreit erbärmlich. Es riecht verbrutzelt.

„Um Gottes willen, lassen Sie doch Gnade walten",
ruft ein Bulle von draußen.

Weil ich von Beruf Sportlehrerin bin, hechte ich
mich aus der knienden Haltung nach vorn, entreiße
dem jämmerlich kreischenden Elf die Waffe und wir-
bele zum Weihnachtsmann herum.

„Mach ihn alle", feuert mich Oma Röttke an.

Böcking presst sich die Hände auf die Ohren.

Der Weihnachtsmann zögert.

Ich zögere nicht.

Ich drücke ab. Und verschieße alles, was noch in der Knarre drin ist.

„Jaaaaa", gelle ich dabei und gerate regelrecht in Blutrausch.

Und wie ich mich so in meinen Rausch gelle, finde ich es auch nur am Rande verwunderlich, dass der Weihnachtsmann nicht umfällt.

Aber da stürmt auch schon das Sondereinsatzkommando die Filiale.

Platzpatronen.

Der Weihnachtsmann und sein Elf waren gewissermaßen unbewaffnet. Ihre Knarren sahen zwar verdammt lebensecht aus, waren es aber nicht.

Und warum nicht?

Die beiden waren nur die Ablenkung.

Während die Bullen die Bank stürmten – und mich für die Schwerverbrecherin hielten, weil ich ja die Hand am Abzug hatte, und mich zu dritt überwältigten, wobei ich mir zwei Rippen brach und diverse Blutergüsse und Prellungen einfing –, während dieses actiongeladenen Finales also wurde auf der anderen Straßenseite in aller Seelenruhe die Villa eines millionenschweren Konzernchefs leergeräumt.

Wie sich später herausstellte, hatte man den Weihnachtsmann und den Elf, die beide ohnehin einen ausgedehnten Knastaufenthalt antreten mussten, für diese kleine Ablenkungsshoweinlage angeheuert. Und weil ja vermeintlich wild geschossen wurde, nahm auch niemand ernst, dass diverse Autoalarmanlagen und eben auch die Anlage in der Villa losgingen. Da hätten Kugeln eingeschlagen, dachte man.

Der Elf kam allerdings erst mal ins Krankenhaus. Den hatte ich ordentlich verbrüht. Er lag nur wenige Zimmer von mir entfernt. Allerdings polizeiüberwacht.

Im Gegensatz zu mir.

So war es ja auch geplant.

Von mir. Und meinem Verlobten. Er räumte die sehr ergiebige Villa leer und ich orchestrierte die Ablenkung.

Wir werden uns noch eine Weile bedeckt halten und dann mit dem Geld auf Tahiti eine Strandbar eröffnen. Oder einen Irish Pub auf Hawaii.

Weihnachtswünsche werden wahr!

Wernigeröder Weihnachtswunder

15 Uhr
Vokalgruppe ars vivendi mit dem Mädchenkammerchor
des Gerhart-Hauptmann-Gymnasiums

Lichterglanz und Sternenzauber – Kuno Bertig hatte
dafür keine Antenne. Weihnachten konnte ihn mal, er
hatte andere Sorgen.

An seinem Handgelenk war ein Aktenkoffer mit
dreieinhalb Millionen Euro befestigt. Kuno wartete auf
den Mann, dem er den Aktenkoffer übergeben sollte. Im
Austausch für einen Samtbeutel, in dem *Sorayas Sonne*
ruhte, ein gelb schimmernder Diamant von 74 Karat, der
einmal dem Shah von Persien gehört hatte, dem jetzigen
Besitzer aber von einem cleveren Langfinger entwen-
det worden war. Die Frau vom Boss war ganz scharf auf
diesen Diamanten, den sie halbieren und daraus zwei
Ohrringe machen lassen wollte.

Damit nichts schiefging, hatte man Kuno einen
Aufpasser mitgegeben. Pelle Hansen, ein zwei Meter
großer und geschätzte zwei Tonnen schwerer, ganz-
körpertätowierter Oger von einem Mann, ebenso bru-

tal wie intellektuell minderbemittelt. Um drei Ecken mit dem Boss verwandt. Die Geschichten, die man sich von ihm erzählte, waren legendär – meistens ging es darin um konkurrierende Banden-Mitglieder, die von Pelle sämtlich gnadenlos ausgeschaltet wurden, in aller Regel mit bloßen Händen. Pelle Hansen kannte kein Pardon.

Im Gegensatz zu Kuno genoss Pelle jedoch sichtlich das festliche Treiben auf dem Wernigeröder Weihnachtsmarkt. Er atmete hörbar den Duft nach Punsch, Lebkuchenherzen, Räuchermännchen und den Nadeln des fünfzehn Meter hohen Weihnachtsbaumes aus dem Stadtforst ein. Kuno und Pelle standen vor dem Rathaus, inmitten begeisterter Besucher mit Glühweinbechern in den Händen. Pelle wippte zu den A-cappella-Klängen von der Bühne.

Kuno schnupperte nicht und wippte auch nicht, er hielt Ausschau nach dem Mann von dem Foto, das ihm der Boss mitgegeben hatte. Nach zähen Verhandlungen hatten sich der Boss und der Dieb des Diamanten auf Wernigerode geeinigt, weil es als Übergabeort weniger im Fokus der Exekutive lag als beispielsweise ein Hotspot wie Berlin.

„Verdammt, warum konnten die nicht eine exakte Stelle ausmachen. Weihnachtsmarkt allein genügt nicht, der ist doch viel zu groß", schimpfte Kuno. Sein Blick wanderte über die Gesichter in der Menge.

Sie waren extra eine Stunde früher gekommen, um sich mit den Örtlichkeiten vertraut zu machen. Kuno war zu dem Schluss gekommen, dass hier vor dem denkmalgeschützten Rathaus alle Fäden zusammenliefen und der Dieb folglich genau hier vorbeikommen musste.

Jetzt hieß es nur zu warten.

Pelle hielt seine Nase, ebenso riesig wie der ganze Mann, wieder schnuppernd in die Winterluft. „Ich rieche Bratäpfel", sagte er. „Ich hol mir mal einen."

„Aber ...", fing Kuno an.

„Bin gleich wieder da."

Kuno sah ihm nach. Pelle hatte den Schlüssel zu den Handschellen, mit denen der Aktenkoffer an seinem Handgelenk befestigt war. Und nur Pelle kannte die Zahlenkombination für den Aktenkoffer.

15 Uhr 30
Harzer Tenorhorn-Quartett (eigentlich drei Tenorhörner und ein Tubaspieler)

Eine halbe Stunde, um sich einen Bratapfel zu organisieren? Kuno wurde nervös.

Pelle war immer noch nicht zurückgekehrt. Und jeden Moment konnte ja der geheimnisvolle Mister X eintreffen. Dann musste es schnell gehen.

Kuno schickte Pelle eine SMS. *Wo bleibst du?*

Gleich darauf klingelte sein Handy.

„Das ist hier total lustig. Die Tochter von der Bratapfelfrau hat mich zum weihnachtlichen Kinderschminken mitgenommen. Das nennt sich lebendiger Adventskalender. Die machen hier ganz viele solche Aktionen. Witzig, oder?"

„Wir sind nicht zum Spaß hier, komm gefälligst wieder her!"

„Ich bin hier drüben. Siehst du mich? Juhu!"

Kuno sah am anderen Ende des Marktplatzes, zwischen den Buden hindurch, einen Arm winken.

„Ja, ich seh dich. Und jetzt komm her!" Kuno schob sein Handy wieder in die Hosentasche.

Dieser Pelle war ein Idiot. Aber ihm konnte es ja auch egal sein, ob die Übergabe platzte oder nicht – er war der Cousin vom Boss. Ihn, Kuno, würde es sehr viel mehr kosten. Auf jeden Fall seine Vertrauensstellung. Und womöglich eine Kniescheibe oder den kleinen Finger ...

„Da bin ich.“

Kuno sah hoch und erschrak. „Großer Gott!“

Pelle grinste. „Die Marie-Louise hat mich als Rübezahl geschminkt. Wie seh ich aus?“

„Zum Fürchten, wie ein Zombie.“

Pelle strahlte. „Und schau! Sie hat mir auch Wolverine-Hände geschminkt.“ Er streckte beide Hände aus. „Ist das nicht geil? Dabei ist die Kleine erst sieben!“

Kuno wollte gerade etwas Ätzendes anmerken, als er die vier Zahlen sah. Mit Kugelschreiber auf den Unterarm gemalt, zwischen Körperfarbe und Strickärmel gerade noch auszumachen.

9653.

In Kuno arbeitete es. Das musste die Kombination für den Aktenkoffer sein.

„Ich hab noch Hunger. Ich hol mir mal schnell 'ne Wurst“, sagte Pelle und zog von dannen.

Kuno sah ihm sinnierend nach.

16 Uhr

Das Fortissimo-Brass Weihnachtsmann-Quartett aus Rudolfstadt

Es wurde dunkel, die Stimmung stieg. Jetzt müsste Mister X auftauchen. Aber weder Mister X noch Pelle waren weit und breit zu sehen.

Kuno tippte bei der SMS von vorhin einfach auf Wiederholen.

Es klingelte.

„Wow, das glaubst du nicht. So ein toller Blick! Ich hab zufällig gesehen, dass man auf den Liebfrauenkirchturm hochsteigen konnte. Jetzt sehe ich das ganze vorweihnachtliche Wernigerode."

„Pelle, verdammt, komm her – gleich kann ... äh ... unser Kunde kommen!"

„Schon unterwegs."

Kuno sah sich um. Er wollte keinen Verdacht erregen. Ein paar Meter weiter stand ein Polizist.

Eigentlich war er schon viel zu lange Verbrecher, fand Kuno. Das konnte nicht gut enden. Erst letzte Woche war sein alter Freund Walter gestorben. Mit ihm hatte er seinen allerersten Bruch getätigt. Jetzt war er tot. Gut, an Herzinfarkt gestorben, aber trotzdem. Kuno wollte doch noch was vom Leben haben. Mit dreieinhalb Millionen konnte man sich eine große Scheibe vom Leben abschneiden. Er könnte nach Brasilien gehen. Der Boss hatte gute Connections, aber nicht bis nach Südamerika.

9653.

Kuno sah sich um. Drüben ging es in eine Seitengasse. Dort könnte er unauffällig ausprobieren, ob das wirklich die Kombination für den Aktenkoffer war. Falls ja, dann ...

Er schlängelte sich durch die Weihnachtsmarktbesucher und bog in die Gasse.

Schon erstaunlich, wie ruhig es nur wenige Meter vom weihnachtlichen Treiben entfernt war.

Kuno beugte sich vor, um die Kombination in das Zahlenschloss einzugeben ...

... da nahm ihn plötzlich jemand von hinten in den Schwitzkasten.

Kuno röchelte.

„Her mit dem Koffer", zischte eine Stimme, die ihm seltsam bekannt vorkam. Das war nicht Mister X, der sich mit Diamant und Geld vom Acker machen wollte, das war ...

Kuno schlug seinem Angreifer den Aktenkoffer mit aller Macht gegen den Oberschenkel. Der Mann knickte ein. Kuno nutzte diesen Moment, um sich aus dem Schwitzkasten zu schlängeln. Er drehte sich um, packte den Aktenkoffer mit beiden Händen und schlug ihn dem Angreifer auf die Nase. Die natürlich brach. Ach was, zerbarst. Dennis, die Ratte, schrie wie am Spieß. Überall Blut.

Kuno, der schon seit Jahren Seite an Seite mit Dennis für den Boss arbeitete, bekam kein Mitleid, denn er hatte die Säge gesehen. Mit der hatte Dennis ihm vermutlich die Hand absäbeln wollen, um sich mit dem Aktenkoffer aus dem Staub zu machen.

Weil jetzt Menschen in die Gasse kamen, richtete sich Kuno auf und rief: „Schnell, hat jemand ein Handy? Können Sie einen Arzt rufen? Dieser Mann hier ist böse gestürzt."

Dann lief er los.

Er lief und lief, schnurstracks am Mercedes vorbei, mit dem Pelle und er gekommen waren. Er würde erst vor dem Schiff stehen bleiben, mit dem er nach Südamerika übersetzen würde. Dachte er. Natürlich fuhr er schon kurz darauf per Anhalter weiter.

16 Uhr 30 und 54 Sekunden
Die Halberstädter Stadtbläser

Pelle Hansen hatte auf dem Rückweg vom Liebfrauenkirchturm die Backstube am Marktplatz entdeckt, in der man selbst ein Lebkuchenhaus bauen konnte. Es misslang ihm – und zwar gründlich –, aber er durfte den Lebkuchenbruch behalten und essen.

Mümmelnd schlenderte er über den Marktplatz. Es war jetzt dunkel und die Lichter des Weihnachtsmarktes glänzten umso herrlicher. Pelle war im Glück. Er konnte zwar Kuno nirgends entdecken und auch Mister X nicht, aber die würden schon irgendwo hier sein. Nur kein Stress.

„Hallo, der Herr, könnte ich Sie für die besondere Weihnachtsführung im Harzplanetarium begeistern?" Eine Frau mittleren Alters hielt ihm ein Faltblatt entgegen.

„Wow, es gibt hier ein Planetarium?" Sofort war Pelle Feuer und Flamme.

17 Uhr

Drehorgel, von zarter Frauenhand bedient

Mit der Bimmelbahn war er hochgefahren und hatte um exakt 15 Uhr durch die gemütliche Kutschendurchfahrt das Schloss betreten. Im romantisch geschmückten Innenhof des Schlosses war der kleine Wintermarkt aufgebaut, auf dem er sich mit dem Geldboten treffen wollte.

Doch der Geldbote verspätete sich.

Erst aß er Waffeln, dann bastelte er Fröbelsterne und vergaß darüber die Zeit. Dann bestellte er noch eine Waffel.

Die Waffelbäckerin lächelte. „Sie habe ich doch vorhin schon gesehen?"

„Ja, ich warte auf einen ... äh ... Freund, aber offenbar hat der mich versetzt. Wir hätten uns nicht einfach für den Weihnachtsmarkt verabreden sollen."

„Den Weihnachtsmarkt? Sie wissen schon, dass Sie hier falsch sind? Das hier ist der Wintermarkt!"

Mister X schürzte die Lippen. Ihm waren in diesem Augenblick möglicherweise dreieinhalb Millionen entgangen. Er müsste viel enttäuschter sein. Warum war er das nicht?

„Noch eine Waffel?" Die junge Frau grinste.

„Ja, bitte." Er erwiderte ihr Lächeln. „Wann haben Sie eigentlich Feierabend?"

21 Uhr

Der Weihnachtsmarkt schloss – wie jeden Freitag – um neun Uhr abends. Pelle schob sich den letzten Rest Bratwurst in den Mund. Was war das für ein Spaß gewesen! Und er hatte niemand zu Brei stampfen müssen. Das tat er zwar gut, aber nicht gern.

„Sie sind ein guter Esser!", lobte ihn der Bratwurstbudenbetreiber. „Ich glaube, Sie haben den neuen Rekord aufgestellt."

„Ich bin nicht nur ein guter Esser, ich bin auch ein guter Brater", erklärte Pelle mit der Gewissheit eines Mannes, der weiß, was er kann.

„Das glaube ich Ihnen gern." Der Budenbetreiber sah Pelle prüfend an. Im Grunde konnte das, worum er Pelle bitten wollte, auch ein Primat aus dem Urwald. erledigen. Da konnte nicht viel schiefgehen. „Hören Sie, unsere Aushilfe hatte heute früh einen Blinddarmdurchbruch und liegt im Krankenhaus. Sie können nicht zufällig einspringen?"

Pelle strahlte auf.

Und während zeitgleich Kuno die Nase in den Wind – sprich: aus dem Fenster – hielt, weil er neben einem kettenrauchenden Trucker im verqualmten Führerhaus eines Speditionslastwagens in Richtung Rotterdam saß, und der Adlernasige und die Stupsnäsige die ersten Schritte in Richtung der ganz großen Liebe tätigten und die Nase von Dennis Grabowski im Harz-Klinikum operativ wiederhergestellt wurde, traf Pelle Hansen eine lebenswegverändernde Entscheidung: Er sattelte von Brutalo-Schläger auf Bratwurstbrater um.

„Total gern!", erklärte Pelle und freute sich, wie sich nur Kinder und Menschen, die im Herzen Kind geblieben sind, freuen können.

Der Ruckizucki-
Weihnachtsgansmord[*]

(* In dieser Geschichte kommen keine Tiere zu Schaden.)

„Auf dass wir nie vergessen, für wen wir arbeiten!"

Das Weihnachtsessen der Kanzlei war eine heilige Tradition. Es fand immer am sechsten Dezember statt, auch wenn der aufs Wochenende fiel. Da kannte der Chef nichts.

Natürlich herrschte Anwesenheitspflicht – von den Kanzleipartnern bis hin zur Kopiermaus auf 400-Euro-Basis. Und selbstverständlich war auch Martin immer mit dabei.

Martin war der Ganter, wegen dem der Chef zum Veganer geworden war. Vor exakt sechs Jahren am Nikolaustag – Gudrun als dienstälteste Angestellte der Kanzlei erinnerte sich noch genau – war Martin panisch schnatternd aus der Küche des Restaurants *Zum fröhlichen Wirt* gewatschelt, direkt vor den BMW des Chefs. Der Wirt, gar nicht so fröhlich, war dem Ganter mit einem Hackebeil dicht auf den Fersen. Der Chef und die Gans sahen sich damals tief in die Augen ...

... und der Rest war Geschichte. Während andere Kanzleien überall im Land zu dieser Zeit Martinsgänse verspeisten, gab es für die Belegschaft der Anwaltskanzlei *Wagner, Bechtling & Schultz* vegane Genüsse.

Seit damals lebte Martin auf einem Bauernhof im Umland und wurde jedes Jahr an Nikolausi zum Weihnachtsessen der Kanzlei in die Stadt verfrachtet, wo er eine eigene Ecke und eine Schale mit Körnern bekam.

Und eine Rede.

Vom Chef. Der zu diesem Anlass gern ein blinkendes Rentiergeweih auf dem Kopf trug. Gewissermaßen als sozialpolitisch-modisches Statement. Um seine menschliche Seite zu zeigen. So auch in diesem Jahr.

„Martin macht uns jedes Weihnachten aufs Neue eines klar: Wir arbeiten nicht für Ruhm und Ehre und Gehalt. Nein, wir arbeiten für die Geknechteten, für die Vergessenen in unserer Gesellschaft. Wir verhelfen jenen Menschen zu ihrem Recht, die wie unser Martin hier beinahe auf der Schlachtplatte des Lebens gelandet wären."

Der Chef wurde gern blumig, privat und vor Gericht. Und sowohl da als auch dort durfte man seinen Worten nicht allzu viel Glauben schenken. Der Chef arbeitete sehr wohl für Ruhm und Ehre und vor allem für Geld. Gudrun war in der Buchhaltung der Kanzlei tätig und wusste, was deren Klienten – meist Firmen beziehungsweise gut betuchte Privatpersonen – an Stundensatz abdrücken mussten. Wer sich die Dienste der Kanzlei *Wagner, Bechtling & Schultz* leisten konnte, war weder geknechtet noch vergessen, ganz im Gegenteil, er gehörte zu den Knechtenden und Vergessern.

Dennoch applaudierten alle artig. Bechtling und Schultz riefen „Bravo!" und „Genauso ist es!", weil Wagner die Anteilsmehrheit an der Kanzlei besaß und die beiden genauso speichelleckerisch sein mussten wie alle anderen, wenn sie ihren Job behalten wollten. Der Chef duldete niemand in seiner Nähe, der nicht durch und durch Ja-Sager war. Wenn man von ihm eines lernen konnte, dann das: Manche Menschen brauchen gar keine Laktose, um intolerant zu sein!

Er saß nie am Kopfende des langen Tisches, immer in der Mitte. Wie Jesus beim Abendmahl. Auch bei dieser Weihnachtsfeier. Über ihm hing auf seinen Wunsch hin stets ein Mistelzweig, damit er alle Frauen küssen konnte, die sich ihm näherten: Kanzleimitarbeiterinnen, Kellnerinnen, im Vorjahr sogar die niedliche Rosen-Verkäuferin. Die #metoo-Bewegung hatte zwar mal – bildlich gesprochen – an die Kanzleitür von *Wagner, Bechtling & Schultz* angeklopft, aber reingelassen wurde sie nie.

Man durfte den Chef nicht vergrätzen. Das galt für den Alltag ebenso wie für das Weihnachtsessen – dieses Mal fruchtiger Sprossensalat mit gerösteten Haselnüssen, Blumenkohlsteaks an Wurzelgemüsetartar und als Dessert Apfel-Waldbeeren-Crumble mit Zimt. Man sagte artig „Danke für die Einladung" und aß.

Nach der Rede vom Chef war Gudrun die Einzige, die nicht klatschte, sondern sich nur gelangweilt am Ohrläppchen kratzte. Sie war Kanzlei-Urgestein, ihr konnte keiner was. Sie wusste *alles*. Sie hatte genaue Kenntnis von den Summen, die der Chef auf Schwarzkonten abzweigte, um damit seine wechselnden Geliebten zu finanzieren. Apropos Herrschaftswissen: Sie wusste auch gesichert, dass Martin – also Martin, der Ganter – schon längst nicht mehr Martin war, sondern irgendein anderer Gänserich. Der Bauer hatte den Ur-Martin geschlachtet und sich gedacht, dass kein Mensch den Unterschied merken würde. Womit er recht behalten sollte. Mit Ausnahme von Gudrun, versteht sich – die bemerkte alles. Und merkte es sich.

Gudrun nippte an ihrem Glas mit Leitungswasser. Der Chef wurde auch nicht jünger. Irgendwann wäre er die ständige Betthopserei leid, und dann würde sie für ihn da sein. Die Unverzichtbare. Das Urgestein. Die Frau, die immer an seiner Seite gewesen war. Gudrun Schnäpple.

Es konnte nicht mehr lange dauern.

Selbstverständlich handelte es sich hierbei nicht um altjüngferliches Wunschdenken: Wann immer der Chef gerade mal eine Durststrecke an der Frauenfront hatte, gabs nach Feierabend Quickies mit Gudrun im Kopierraum oder in seinem BMW. Und immer sagte er dann zum Abschied: „Ach Gudrun, wenn ich dich nicht hätte."

Ja, ihr Tag würde kommen!

Und bis dahin hatte sie ihre Hobbys: Sudoku, Socken stricken, Rumtöpfe ansetzen. Was man als in die Jahre gekommene Singlefrau eben so machte ...

Der Lärmpegel beim Essen hielt sich in Grenzen. Weil's wie Nachsitzen war, nur als Erwachsene. Die meisten aßen schweigend. Selbst Bing Crosby sang sein *I'm dreaming of a white Christmas* nur ganz dezent im Hintergrund.

Hin und wieder gab Martin, der Ganter, ein Schnattern von sich. Der Chef hatte den Ganter natürlich nach sich selbst benannt. Er hieß auch Martin. Für die Angestellten seiner Kanzlei hatte er auch etwas von einer Gans. Einer Gans, die goldene Eier legte. Nur deswegen waren sie alle hier: Weil er nämlich exorbitant hohe Gehälter zahlte. Wann immer Martin die Gans schnatterte, gluckste Martin der Chef vergnügt vor sich hin. Darauf beschränkte sich die Unterhaltung bei Tisch.

Am lautesten war noch der Schneesturm draußen vor der Tür. Der tobte sich ordentlich aus. Als ob er ein kanadischer Blizzard wäre, fegte der Sturm den Schnee durch die Straßen und türmte ihn zunehmend höher auf.

Heuer fiel der Nikolaustag auf einen Freitag. Es war eine anstrengende Woche gewesen, und die meisten dachten nur darüber nach, ob sie nachher noch nach Hause kamen oder womöglich hier im *Fröhlichen Wirt* eingeschneit würden. Das mit dem *fröhlich* war gelogen. *Fröhlich* war in diesem Moment keiner. Vielleicht mit Ausnahme vom Chef.

Der spachtelte sein Blumenkohlsteak. Mit richtigen Steakmessern. Weil der *Fröhliche Wirt* sonst nicht vegan kochte und es folglich zu falschen Steak echte Steakmesser gab. Und weil Fleischesser und mithin auch Fleischkocher nicht so auf ihre Beilagen achten, schmeckte das Gemüse irgendwie verkocht. Doch das focht den Chef nicht weiter an. Er aß alles und alles mit Genuss. An ihm war eigentlich ein Müllschlucker verloren gegangen.

Gudrun thronte rechts neben dem Chef. Wie es sich gehörte.

Links neben dem Chef saß seine neue Sekretärin. Executive Assistant, wie sie sich nannte. Lächerlich, fand Gudrun. Der Titel. Und die Frau. Marie-Sophie Kreuth machte dem Chef seit ihrem ersten Arbeitstag schöne Augen. Aber nicht mehr lange, dachte Gudrun. Die Halbwertzeit seiner Geliebten nahm stetig ab.

Sie hatten wie immer vor dem Essen gewichtelt. Schrottwichteln, kein Geschenk teurer als zehn Euro.

Gudrun hatte die Ammerdinger vom Empfang gezogen und ihr eine gut erhaltene Secondhand-CD mit den größten Party-Hits der Achtziger geschenkt. Das machte Laune, und man konnte es doch immer brauchen. Oder weiterverschenken. Sie selbst war von Marie-Sophie gezogen worden, und was hatte die ihr geschenkt? Ein selbst gebasteltes Küchenkrepp-Origami in Form eines Kranichs. Nicht mal ein Handtuch, nein, Küchenkrepp. Gudrun köchelte innerlich.

„Alles in Ordnung?", fragte der Wirt vom *Fröhlichen Wirt*, ein stets missmutig dreinblickender Schrank von einem Mann, dessen Griesgrämigkeit sich tief in seine Gesichtsfurchen eingegraben hatte, der aber das gut eingeführte Restaurant nicht hatte umbenennen wollen, als er es vor zehn Jahren erwarb.

Der Chef rief: „Prächtig!" Und spuckte dabei Wurzelgemüse über den Tisch, weil er es mit vollem Mund rief. Sein Geweih blinkte. Er zwinkerte dem Wirt verschwörerisch zu. Der nickte.

Kurz darauf schob der Wirt einen Servierwagen in den Schankraum, auf dem drei Flaschen Billig-Prosecco und eine ausreichende Menge an Gläsern stand.

Der Chef erhob sich.

Gudrun war verwirrt. Eine Ankündigung, von der sie nichts wusste? Sie wusste doch sonst immer alles! Aus den Augenwinkeln nahm sie wahr, dass Marie-Sophie lächelte. Was zum Teufel ...?

Der Wirt schenkte ein, und eine blasse Servierhilfe verteilte die Gläser. Noch bevor alle bedient waren, räusperte sich der Chef, stand auf und rief jovial: „Wir sind nicht nur ein gut geöltes Team in unserer Kanzlei, wir sind auch eine Familie. Darum ist es mir ein besonderes Anliegen, heute etwas mit Ihnen allen zu feiern." Er hob schwungvoll sein Glas – etwas Prosecco schwappte heraus – und sah zu seiner Sekretärin. „Liebes, steh auf."

Gudrun meinte, sich verhört zu haben.

Marie-Sophie erhob sich und nahm den Chef an der Hand. Der räusperte sich und grinste breit: „Stoßen Sie bitte alle mit mir auf mein ... auf *unser* Glück an! Marie-Sophie und ich haben geheiratet, als wir neulich spontan ein paar Tage in Las Vegas waren!"

Alle riefen „Bravo!" und „Gratulation!", ohne es so zu meinen. Nur Gudrun rief nichts. Sie hatte den kostenlosen Prosecco in ihrem Glas schon halb geleert, verschluckte sich angesichts dieser Ankündigung böse und prustete den Rest des Secco quer über den Tisch. Frau Ammerdinger, die Empfangsdame, klopfte ihr auf den Rücken.

Gudrun bekam wieder Luft. Fassungslos sah sie zu der strahlenden Marie-Sophie. War das Gör überhaupt schon volljährig? Außerdem arbeitete sie doch gerade mal zwei Monate in der Kanzlei? Wie konnte denn in dieser kurzen Zeit wahre Liebe erblühen? Das durfte doch alles nicht wahr sein!

Der Chef und seine frisch angetraute Gemahlin setzten sich wieder. Er guckte verliebt. Sie auch, mit einem Hauch Triumph.

Gudrun konnte es einfach nicht glauben. Sollten all die Jahre des Wartens und Planens umsonst gewesen sein? All die Quickies bedeutungslos? Völlig entgeistert sah Gudrun ihre Felle davonschwimmen ...

... und gleich darauf sah sie gar nichts mehr. Der Schneesturm musste irgendeinen Strommast gekappt haben. Das Licht ging aus, und es wurde schlagartig zappenduster im *Fröhlichen Wirt*.

Gekreisch, Gekicher, Geschnatter, Geschirrklappern, Bing Crosby, der immer noch sein *I'm dreaming of a white Christmas* trällerte, als wäre nichts passiert. Offenbar sang er das von einem batteriebetriebenen Abspielgerät aus.

Man hörte Stühlerücken und Schritte und den heulenden Schneesturm von draußen.

Nach wenigen Minuten, die sich endlos zogen, ging das Licht wieder an.

Die Gans, die nicht Martin war, beendete ihr Schnattern und steckte den Kopf unter den Flügel. Offenbar betrachtete das Tier die kurze Dunkelphase als Aufforderung, sich schlafen zu legen. Außerdem war sein Napf ja auch leer.

Der Wirt lugte durch die Küchentür. „Alles in Ordnung hier?"

Alle nickten. Sogar Gudrun. Doch dann ...

„Martin?", rief Marie-Sophie.

Alle am Tisch schauten zu Martin, der für sie Herr Wagner war.

Der Chef lag mit dem Kopf im Blumenkohl. Leckte er da etwa gerade die Soße vom Teller? Oder ...?

„Martin, ist dir nicht gut?" Vorsichtig berührte Marie-Sophie ihn an der Schulter.

„Meine Güte, jetzt packen Sie doch mal ordentlich zu", herrschte Gudrun, zog den Kopf ihres Chefs aus dem Gemüse und drückte seinen Oberkörper gegen die Rückenlehne seines Stuhles. Das Rentiergeweih rutschte ihm vom Schädel.

Marie-Sophie schrie auf. Die anderen am Tisch mehrheitlich auch. Die Gans zog den Kopf unter dem Flügel hervor und schnatterte genervt. Wie man eben so schnattert, wenn man schlafen will und die Nachbarn anfangen zu lärmen.

Der Wirt kam aus der Küche gerannt.

Bis auf die Gans sahen alle völlig entsetzt auf das, was im Brustkorb von Martin Wagner steckte.

Nämlich sein Steakmesser.

Und seine weit aufgerissenen, blicklosen Augen verrieten: Der Mann war tot!

„O mein Gott!"

Wer das gerufen hatte, war nicht ganz klar, vermutlich die komplette Belegschaft. Unisono wie ein griechischer Tragödienchor in Strickpullis mit Weihnachtself-Motiven.

Alle starrten auf den Chef.

Martin – die Gans, die goldene Eier gelegt hatte – war tot.

Martin – der Ganter, der keine Eier legte und auch sonst nicht viel von Aktivitäten hielt – steckte den Kopf wieder unter seinen Flügel.

Wenn in einem Wolfsrudel das Alpha-Tier plötzlich tot ist, übernimmt der Beta – aber in der Kanzlei gab es keinen Beta. Folglich herrschte konfuse Panik.

„Wie grauenvoll, er ist in sein Messer gefallen!" Frau Ammerdinger war intellektuell eine Nullnummer. Es reichte gerade so für den Empfang. Folglich achtete auch weiter niemand auf ihren Beitrag.

„Mach doch mal jemand Wiederbelebungsversuche!", schlug Rolf Gerber vor, der sonst fürs Familienrecht zuständig war.

„Er hat ein Messer in der Brust, was willst du da wiederbeleben?", höhnte Richling vom Bau- und Mietrecht.

Die beiden waren vom Standing her der Bodensatz der Kanzlei. Erst kam das Strafrecht, dann kam lange nichts, dann Familien-, Bau- und Mietrecht. Aber früh kräht, wer ein ordentlicher Gockel werden will. Und Gerber und Richling wollten beide irgendwann Partner werden und ein Eckbüro bekommen.

„Liebster!", kreischte Marie-Sophie und warf sich frontal volle Pulle auf den Leichnam. Man hörte ein schmatzendes Geräusch. Das Messer steckte jetzt noch tiefer. War das womöglich Absicht?

„Er darf nicht berührt werden", erklärte Gudrun und zerrte die Witwe grob vom Leichnam, was ihr leichtfiel, weil zwischen den beiden bestimmt fünfundzwanzig Kilo Kampfgewichtsunterschied herrschten. Zu Ungunsten von Marie-Sophie.

Der Wirt, der inzwischen bleich vor der zur Glühweintheke umfunktionierten Biertheke stand, griff zum Telefon. „Ich rufe die Polizei."

Just in diesem Augenblick ging die Restauranttür auf, und in einer Wolke aus Schneeflocken und Kälte betrat ein Polizist das Restaurant, ohne Mantel, nur in eng sitzender Uniform und Springerstiefeln.

Deus ex machina mit einer roten Zipfelmütze.

„Nää, was für ein Scheißwetter!", brummte der Beamte statt einer Begrüßung. Er schüttelte sich den Schnee von Uniform und Mütze. Weil's im *Fröhlichen Wirt* lauschig warm war, schmolzen die Flocken unverzüglich, und darum stand er gleich darauf in einer Pfütze. „Ich weiß, ich weiß, geschlossene Gesellschaft, steht ja an der Tür. Aber echt ey, draußen tobt der Winterweltuntergang. Wie in einem Emmerich-Film. Und da dachte ich ..."

Der Wirt legte das Telefon zur Seite und zeigte auf den Chef. „Sie kommen genau richtig. Wir haben einen Toten. Walten Sie Ihres Amtes, Herr ...", er beugte sich vor und schaute auf den ins Uniformoberteil eingestickten Namen, „... Strunz."

„He, ich strunz Ihnen gleich eine! Das fällt unter Beamtenbeleidigung!" Der Polizist stemmte beide Hände in die Hüften.

Der Wirt geriet ins Stottern. Das passierte braven Bürgern automatisch, wenn die Staatsgewalt laut wurde. „W-was? A-aber nein, das ist doch Ihr Name."

Der Polizist sah an sich herunter und kicherte. „Ach so, stimmt."

Marie-Sophie krallte sich in den muskulösen Unterarm des Polizisten und flötete: „Bitte, können Sie meinen Mann nicht wiederbeleben?"

Gudrun rollte mit den Augen. „Oder ihn wahlweise von den Toten auferwecken wie Lazarus?" Sie konnte es sich gerade noch verkneifen, sich dabei in den anderen Arm des Polizisten zu krallen und Marie-Sophies auf einmal piepsige Kleinmädchenstimme nachzuahmen.

Der schmucke, junge Uniformierte seufzte. „Ich würde Ihnen ja zu gern behilflich sein, Ladies, aber das ist nicht mein Zuständigkeitsbereich."

„Ich habe mich wohl verhört? Nicht Ihr Zuständigkeitsbereich? Und dafür zahlt unsereins Steuern!", nölte Familienrecht-Gerber.

„Jawohl, tun Sie was. Sie sind doch kein Kellner, von wegen ,Kollege kommt gleich'", rief Bau- und-Mietrecht-Richling, weil er Gerber nicht das Feld überlassen wollte. Der Kampf der Nachwuchsgorillas um die Silberrückenposition hatte begonnen. Die beiden überlebenden Partner, Bechtling und Schultz, nickten nur dazu.

„Sie haben einen Eid geschworen. Den Eid, zu helfen!", donnerte Gerber.

„Ich fordere Sie hiermit auf, Ihres Amtes zu walten!", verlangte Richling.

Polizist Strunz zuckte gelassen mit den Schultern. „Ich glaube, Ihrem Freund da kann keiner mehr helfen.

Und falls doch, dann bestimmt nicht ich. Wissen Sie, ich heiße nämlich nicht Strunz, sondern Dylan, und ich bin auch nicht das, was Sie denken. Moment mal ...“

Er zog sein Handy aus der Hosentasche, lehnte es gegen den Adventskranz auf dem Beistelltisch neben der Eingangstür, dessen Kerzen längst ausgegangen waren, und nahm breitbeinig Stellung. Plötzlich ertönte über Bing Crosby hinweg Weihnachtsmusik im Disco-Rhythmus. Strunz-alias-Dylan klappte den Verschluss seines Waffenholsters auf, nahm eine Handvoll Konfetti heraus und warf es in die Luft. „Ich bin Stripper, und zwar ein verdammt guter, wenn ich das selber sagen darf.“

Er begann zu tanzen. Und zu strippen. Während seine schmalen Hüften im Takt kreisten, riss er sich erst das Hemd, dann die Hose vom durchtrainierten Leib und stand anschließend nur in Tanga und Springerstiefeln vor ihnen. Und mit zwei roten Zipfelmützen – einer auf dem Kopf und einer über seinem ...

„Schämen Sie sich!“, donnerte Gudrun. Sie nahm sein Handy und drückte alle möglichen Tasten, bis die Disco-Musik verstummte und man nur noch den leise hauchenden Bing Crosby hörte. „Hier ist gerade ein Mensch gestorben“, fauchte sie streng.

Der Stripper hielt in seiner John-Travolta-Pose inne. „Sorry, der Kreislauf des Lebens, was? Ich sollte hier irgendwo im Viertel bei einem Junggesellinnenabschied auftreten, aber bei dem Schneesturm sieht man ja die Hand vor Augen nicht. Ich habe mich total verfranzt und wollte mich hier schlau machen, was den Weg angeht. Und außerdem habe ich auf ein Heißgetränk gehofft.“

„Hoffen Sie weiter! Ich rufe jetzt die echten Freunde und Helfer“, brummte der Wirt unfröhlich und wählte die Notrufnummer. „Verdammt, die Leitung ist tot.“

Richling fingerte an seinem Handy herum. „Mist, ich kriege auch kein Netz."

Gerber musste das mit seinem eigenen Smartphone natürlich erst verifizieren. „Tatsächlich. Nada. Niente. Nix." Es ärgerte ihn offenbar mehr, dass Richling recht behielt, als dass sich ein großes Funkloch über den *Fröhlichen Wirt* gestülpt zu haben schien.

Strunz-alias-Dylan schürzte die Lippen. „Ist das etwa die Tat von diesem berüchtigten Anzugträgermörder, von dem man gerade so viel hört? Der Typ würde ins Beuteschema passen – älterer, weißer Mann mit üppiger, grauer Haarpracht."

Gudrun verschränkte die Arme. „Lächerliche Panikmache der Tagespresse."

„Ja genau, der Anzugträgermörder, davon habe ich gelesen." Die Ammerdinger schlug sich die Hand vor den Mund. „Der muss es gewesen sein!"

„Aber es war doch außer uns niemand hier als das Licht ausging", sinnierte Marie-Sophie. Sie hatte sich mittlerweile schon wieder ganz gut gefasst. Bestimmt lag das daran, dass der Chef nach der übereilten Hochzeit und in der kurzen Zeit seiner Ehe noch keinen Ehevertrag hatte aufsetzen können und ihr abrupt klargeworden war, dass sie nun alles erbte. Das beruhigte die Nerven. Außerdem musste sie sich sehr beherrschen, um nicht ständig auf den Sixpack und die Souterrain-Zipfelmütze des Strippers zu schauen. Letztere wippte noch nach …

„Dann muss es einer von uns gewesen sein", konstatierte Richling.

Gerber hob eine Augenbraue und sah zu seinem Erzfeind. „Hatten Sie nicht neulich eine Auseinandersetzung mit dem Chef?"

Richling lächelte maliziös. „In der Tat, wir waren uns bezüglich der Vorgehensweise im Fall Wollenhaupt nicht einig. Aber das verblasst im Vergleich zu dem Umstand, dass Sie, werter Herr Kollege, seit einem halben Jahr keinen einzigen Fall mehr gewonnen haben, und der Chef nur einen Fingerbreit davon entfernt war, Sie zu entlassen."

Im Familienrecht kam es nicht darauf an, ob man gewann oder nicht. Nur darauf, sämtliche Fälle möglichst lange hinauszuzögern, damit man exorbitant viele Stunden abrechnen konnte. Das wussten alle, auch Gerber. Aber es ärgerte ihn dennoch enorm. So sehr, dass er Richling schubste. „Sie Schnarchnase. Wenn der Chef jemanden loswerden wollte, dann Sie."

„Aber meine Herren", intervenierte Gudrun. Sie tat es nur halbherzig. Im Grunde war es ihr egal, ob die beiden Buben sich blaue Nasen schlugen.

Richling schubste nämlich prompt zurück. „Sie Witzfigur!"

Gerber taumelte rücklings gegen den Tisch. Für so einen harmlosen Schubser fiel er erstaunlich heftig. Tisch und Gerber gingen zu Boden, Teller flogen, Gläser klirrten, Besteck schepperte, und gleich darauf rieselte das Apfel-Waldbeeren-Crumble leise von der Decke.

„Ich hoffe, Sie sind versichert. Das gibt eine saftige Klage!", rief Gerber inmitten des Scherbenhaufens, mit Crumble-Krumen und Lametta auf dem Anzug.

Der Rest der Belegschaft hätte zwei Fronten bilden und entweder dem stöhnenden Gerber aufhelfen oder aber dem hummerrot angelaufenen Richling, der „Versicherungsbetrug!" gellte, tröstend die Schulter tätscheln können. Aber man konnte unmöglich erahnen, wer von den beiden Streithähnen Wagners nunmehr leeren Chefsessel einnehmen würde, und darum hielten sich alle diplomatisch zurück. Lieber auf Nummer sicher gehen! In den hinteren Reihen tuschelten ein paar Kollegen, darunter auch Bechtling und Schultz. Bestimmt wurde darauf gewettet, wer aus dieser Rangelei um die Alphawolfposition als Sieger hervorgehen würde.

Den Geist der Weihnacht suchte man in diesem Schankraum und in diesem Moment jedenfalls vergeblich.

Die Ammerdinger beugte sich über den Leichnam und schnupperte. „Riecht der Chef nicht schon? Sollten wir ihn nicht besser ins Kalte legen?"

„Keiner rührt meinen Mann an!", kreischte Marie-Sophie.

„Ich sorge dafür, dass er unangetastet bleibt", erklärte Dylan, verschränkte die Arme und baute sich breitbeinig neben dem Corpus auf.

Marie-Sophie lächelte dankbar. Dankbar und einen Hauch lasziv. Wenn Dylan seine Karten richtig ausspielte, und es hatte ganz den Anschein als ob, dann würde er nicht mehr lange strippen müssen.

Gudrun schnaubte und ging zum Telefon. Es war immer noch tot. Wie der Chef. Der Sturm hatte wohl auch den Funkmast gekappt.

Jemand musste etwas tun!

„Einer von uns muss die Polizei holen", sagte sie folglich zum Wirt.

Sie und der Wirt sahen zum Fenster hinaus. Der Sturm hatte an Kraft zugelegt. Die dekorative Weihnachtsgirlanden-Fassadendeko des Nachbarhauses kam gerade vorbeigeflogen. Im Grunde war es suizidal, das Restaurant zu verlassen.

„Und wenn wir noch ein bisschen warten? Bis sich das Wetter beruhigt hat? Kann ja nicht ewig dauern", meinte der Wirt, weil ihm schwante, dass *er* hinaus in die Unwirtlichkeit der Nacht musste. Es war ja schließlich sein Restaurant. Jetzt bedauerte er, nur verhuschte Mäuse zum Kellnern und als Küchenhilfe eingestellt zu haben, weil die so billig waren. Einen stämmigen Servierburschen hätte er an seiner Stelle losschicken können.

„Keine Sorge", meinte Gudrun, die ihn durchschaute. „Ich gehe! Je eher die Kriminalpolizei ermittelt, desto eher wird der Mörder von Martin ... äh ... von Herrn Wagner seiner gerechten Strafe zugeführt." Sie griff nach ihrem grauen Wintermantel. „Achten Sie gut auf diesen Haufen", bat sie den Wirt. „Niemand darf hier weg!"

Er nickte und strich sich übers Kinn. „Ich habe einen Baseballschläger für renitente Besoffene hinter der Theke – vertrauen Sie mir, hier kommt keiner weg." Er beugte sich zu ihr. „Ich wette, die Witwe war's", flüsterte er.

Gudrun schürzte die Lippen. Wenn sie auf Nachfrage auf jemand hätte tippen sollen, dann wäre ihre Wahl auf die Ammerdinger gefallen. Sie war die einzige Frau in der Kanzlei, vielleicht sogar in der ganzen Stadt, die der Chef aus irgendeinem Grund nie besprungen hatte. Bestimmt war sie deswegen zutiefst beleidigt.

„Oder es war einer dieser beiden dämlichen Raufbolde", flüsterte der Wirt weiter. „So ein Erbfolgedingens-Thronbesteigungsmord. Wie in *Game of Thrones*." Er nickte sich selbst zu.

Gudrun lächelte nur unverbindlich. „Behalten Sie einfach alle im Auge, ich beeile mich!"

Als Gudrun die Tür öffnete, blies ihr der Sturm arktische Kaltluft ins Gesicht. Ihr stockte der Atem. Weniger wegen der Kälte, mehr deshalb, weil der Wind ihr die Nasenlöcher mit Schnee zublies. Aber es nützte ja nichts. Sie wickelte sich ihren Schal ums Gesicht und stapfte hinaus.

Weit nach vorn gebeugt bog sie nach links in Richtung Hauptstraße. Es war niemand mehr unterwegs. Nicht einmal *mad dogs* und *Englishmen* trauten sich auf die Straße. Man hörte nur das Heulen und Pfeifen des Sturms. Im Schneegestöber waren selbst die beleuchteten Weihnachtssterne, die quer über der Straße angebracht waren, nichts weiter als undeutlich flackernde Lichtflecke. Bing Crosbys Traum war in Erfüllung gegangen ... die Stadt war flächendeckend weiß.

Das Polizeirevier lag gar nicht so weit entfernt.

Gudrun ging zügig daran vorbei.

Noch ein paar Straßen weiter, und sie war zu Hause. Dort würde sie ihren Koffer packen. Und mit dem Inhalt des fetten Sparstrumpfs unter der Matratze in die Südsee fliehen. Der Chef war nicht der Einzige gewesen, der regelmäßig Gelder abgezwackt hatte.

Weihnachten unter Palmen. Bestimmt gab es da noch attraktive Last-Minute-Angebote.

Sie floh nicht mal wegen Martin Wagner. Den sie geliebt hatte, irgendwie, auf ihre Art. Auf den sie all die Jahre vergeblich gewartet hatte. Der sie nun Knall auf Fall so bitter enttäuscht hatte.

Die Tat war natürlich im Affekt geschehen. Hätte sie darüber nachgedacht, dann hätte sie realisiert, dass die Ehe mit der dreißig Jahre jüngeren Sekretärin unmöglich halten konnte und sie immer noch eine reelle Chance auf ein Altersglück hatte. Aber als das Licht ausging, war ihre Hand mit dem Steakmesser ruckizucki wuchtig ausgefahren, als ob sie ein Eigenleben entwickelt hätte. Und nun war es zu spät.

Gudrun glaubte nicht an die persönlichkeitsveredelnde Wirkung von Schicksalsschlägen. Sie glaubte nur an pragmatische Lösungswege nach einer spontanen Ungezieferbeseitigung. Ihr Weg führte jetzt jedenfalls in den vorzeitigen Ruhestand auf eine Insel der Südhalbkugel, wo die Weihnachtsfeste in den Sommer fielen und man zur Bescherung schwitzte.

Ja, das mit Martin war im Affekt geschehen.

Das galt aber nicht für die anderen dreizehn weißen, alten Kerle, die Stellvertretertode gestorben waren, wann immer sie sich über Martin geärgert hatte. Sie hatte ein Ventil gebraucht. Es waren ausnahmslos immer Anzugträger gewesen. Mit vollem, grauen Haupthaar. Eine gewisse Ähnlichkeit mit Martin war Voraussetzung.

Gudrun seufzte.

Alle alleinstehenden Frauen brauchten doch Hobbys. Sie würde die ihren vermissen: Sudoku, Socken stricken, Rumtöpfe ansetzen ... und Männer morden.

Wenn Santa zweimal klingelt …

Don't worry, be happy. Wenn Sie aus meiner Weihnachtsgeschichte nur eine einzige Erkenntnis mitnehmen, dann die: Heiter lebt's sich leichter. Und: Hunde sind etwas Wunderbares und der beste Freund des Menschen.

Der mich an diesem 23. Dezember anknurrte, war auch jemandes bester Freund. Nur nicht meiner. Ein maulkorbloser Kampfhund mit kupierten Gehör- und Wedelmechanismen.

Ich zuckte zurück. „Der beißt nicht, aber ich schieße", verkündete der bullige Uniformierte des privaten Wach- und Sicherheitsdienstes, der mich an der Gartenpforte abgefangen hatte. Er guckte, als ob es ihm ernst wäre. Sein Hund schaute ebenfalls finster. Aber irgendwie hatte ich das Gefühl, dass dem Hund sein Job keinen Spaß machte. Bestimmt war er tief in seinem Inneren ein ganz Verspielter, Süßer.

„Sie würden doch nicht den Weihnachtsmann erschießen …" Ich lächelte, zugegeben ein wenig mühsam und definitiv schief.

Zu zweieinhalbt – zwei Männer und ein Hund – bewachten sie den Eingang zur Villa des Vorstandsvorsitzenden, dessen Vorzimmer einen „Santa im Vollkostüm" zur Belustigung der privaten Weihnachtspartygäste angeheuert hatte.

Die beiden Uniformierten bestanden darauf, mich und meinen Sack abzutasten. Also, meinen Jutesack.

Der Kampfhund schnüffelte an beidem, dem Jutesack und meinem Schritt.

„Da sind nur leere Kartons in Geschenkpapier drin, Requisiten für meinen Auftritt, damit es echter wirkt", erklärte ich, während der jüngere Wachmann die erste Schachtel herausholte und daran schüttelte. Weil er mir nicht glaubte, schüttelte er sich verbissen bis zur letzten Schachtel durch. Alle leer. Hatte ich ja gesagt, aber dem Weihnachtsmann glaubt offenbar keiner. Der Ältere guckte die ganze Zeit finster, der Hund knurrte halbherzig.

Ich nahm es den Zweieinhalb nicht übel – die brauchten ja auch ihre Daseinsberechtigung.

„Alles okay", sagte der Jüngere nach gefühlt hundert Jahren. Er warf die letzte Schachtel in den Sack zurück. Der Ältere winkte mich zur Villa durch. „He, nicht zum Haupteingang", rief er mir nach. „Zum Personaleingang. Links herum."

Das war schon okay. Ich nahm es nicht persönlich. Die Gäste sollten nicht sehen, dass ich ohne Rentiere und Schlitten, dafür in einem metallicgrünen Kastenwagen gekommen war.

Ich klingelte an der Hintertür. Zwei Mal.

Ich war eigentlich Guru. Also jemand, zu dem man ging, um sich sagen zu lassen, was man eh schon wusste: Denk positiv, umarme öfter mal einen Baum, nimm's locker. Aber das Gurusein finanzierte mir (noch) nicht die Miete, weswegen ich gelegentlich – ich hatte viele Talente – Taxi fuhr oder, je nach Saison, als Osterhase oder Weihnachtsmann Kinder und Junggebliebene beglückte.

Ein weiterer gedungener Türsteher öffnete mir die Hintertür. „Ho, ho, ho" rufend betrat ich die Villa im Bauhaus-Stil. In Halbhöhenlage. In allerbester Lage von Schwäbisch Hall. Mit Blick auf die sich ins Kochertal schmiegende Stadt. Wer so wohnte, hatte es weit gebracht.

Die Dame des Hauses – trotz glattgezurrter Gesichtszüge und gepimptem Vorbau sichtlich noch die Erstgattin des Vorstandsmannes – kam angelaufen und begrüßte mich hektisch. „Bitte entschuldigen Sie! Mein Mann wurde bedroht. Ich hätte die Party ja abgesagt, aber es sind unglaublich wichtige Geschäftskontakte hier und Gottfried ..." Sie sprach nicht weiter, weil eine nicht minder hektische junge Frau im Hausmädchenkostüm auf sie zugeeilt kam und ihr etwas ins Ohr flüsterte. „Ach herrje ...", seufzte die Hausherrin, schaute dann mich an und sagte: „Die Geschenke mit den Namen der Gäste liegen im Aufenthaltsraum hinter der Garderobe. Sie bleiben bitte auch dort – man darf Sie vor der Bescherung nicht sehen! Wenn ich Ihnen ein Zeichen gebe, kommen Sie bitte in den Salon. Verstanden?"

Ich nickte.

Im Aufenthaltsraum – der offenbar als Auffanglager für alle Externen an diesem Abend diente: Caterer, Entertainer, Bodyguards – standen und saßen ein paar verstreute Elfen beiderlei Geschlechts und aßen. Ich nickte in die Runde, man nickte zurück. Eine Tür, die nur angelehnt war, führte direkt in den Salon. Ich lugte neugierig durch den Spalt.

Man konnte nicht sagen, dass die Party tobte – es ging sehr dezent und stilvoll zu. Die kleine Ansammlung an Gästen schien elitär. Sie standen im rundum verglasten Hauptraum der Villa, der den Blick auf die mittelalterliche Stadt im Weihnachtslichterglanz perfekt zur Geltung brachte – zwischen einem riesigen Weihnachtsbaum, der einem das Gefühl vermittelte, mitten im Wald zu stehen, und einer ultraschicken Showküche, in der weißbemützte Leasing-Köche irgendwas mit Fisch zauberten. Und Kaviar.

Die Villa war dezent dekoriert. Also, mal abgesehen von dem gigantischen Weihnachtsbaum. Weit und breit keine roten Schleifen oder Weihnachtspyramiden mit Honigkerzen oder Plastikkränze oder sonstige Kitsch-Deko. Das saisonale Ambiente lieferte, wenn man so wollte, allein die Stadt draußen vor den Panoramafenstern, die in weihnachtlichem Lichterglanz strahlte.

Ich stellte meinen Sack ab und ging zu den Elfen. Sie gehörten zu einer Musiktruppe, die über eine andere Agentur gebucht worden war. Es musste sich um ein Versehen handeln. In diese Villa passten keine in Rot und Grün gewandeten Elfen, sondern ein Streichquartett im Frack. Aber hey, den Weihnachtsmann hatten sie ja auch gebucht.

Schweigend mampften die musischen Elfen etwas Braunes mit Gemüsebeilage. Keine Fischeier für die Subalternen.

„Braten?", fragte ich. „Gans?"

„Ja, aber nicht ganz durch", monierte ein fetter Elf.

„Nicht ganz durch? Nicht ganz durch?", lästerte ein anderer Elf. „Wenn ich diesem Vogel Mund-zu-Schnabel-Beatmung gebe, wird er wieder lebendig und springt vom Teller."

Ich bediente mich selbst aus der Schüssel auf der Warmhalteplatte und aß, bis ich voller war als die gefüllte Gans. Das Kissen unter meinem Santa-Kostüm hätte ich jetzt nicht mehr gebraucht.

Danach riskierte ich noch einen Blick durch den Türspalt. Zwischen Designermöbeln von Eames, Gehry und Le Corbusier verlustierten sich die Gäste. Sehr elegante Gestalten. Zweifellos die Crème de la crème der über ihre Grenzen hinaus bekannten Stadt zur Bausparkasse. Die Männer ausnahmslos im Smoking, die Damen in edlen Roben, mit glitzerndem Geschmeide behängt. So schick machte man sich in meinen Kreisen nur, wenn die Queen zu Besuch kam, also nie – aber was wusste ich schon? Womöglich *war* die Queen hier zu Besuch, und ich sah sie nur nicht. Die soll ja extrem klein sein.

„Wer von denen wohl die Drohbriefe geschrieben hat?" Neben mir materialisierte sich eine grazile Elfin. Bestimmt die Harfenistin. Die Kleinen sitzen ja nicht nur auf dem britischen Thron, sondern auch oft an den großen Instrumenten.

Das mit den Drohbriefen hatte sich offenbar herumgesprochen.

„Das sind doch alles Säulen der Gesellschaft. Die killen keinen der Ihren auf einer Party. Die *lassen* killen. Wenn sie wieder zu Hause sind und ein Alibi haben", erklärte ich. Als regelmäßiger *Tatort*-Zuschauer wusste ich Bescheid.

„Ich glaube ja auch, dass es einer von uns sein muss." Sie grinste mich von unten an. Bestimmt maß sie nicht mehr als einen Meter sechzig.

Ich lachte auf. „Ein Elf oder der Weihnachtsmann?"

„Oder einer der Caterer oder der Barkeeper oder diese unhöflichen Sicherheitsmänner. Alles Fremde, die für diesen Abend angeheuert wurden."

Hm, da war was dran. Wer wachte über die Wachmänner?

Der Barkeeper sah aus wie ein mehrfach vorbestrafter Gewalttäter in einem neckisch kurzen Bolero-Jäckchen mit Glitzerpailletten. Ein äußerst verdächtiges Subjekt. Aber es sind ja immer die, bei denen man es nicht für möglich hält. Also die grazile, in ein rotes Wams und rote Leggins gekleidete Harfenistin neben mir.

„Sie haben ja eine erstaunliche kriminelle Phantasie." Ich musterte sie mit frisch erwachtem Interesse – und einer Spur Misstrauen. Sah so eine Auftragskillerin aus, und wenn ja, wo hatte sie ihre Waffe versteckt? Das Elfenkostüm saß hauteng. Ob sie ihre Opfer mit einer Harfensaite garottierte?

Sie lächelte kokett. Jemand schlug gegen ein Glas. „Oh, schade ... das ist unser Zeichen. Jetzt wird gesungen. Bis nachher." Sie entfleuchte auf leisen Elfensohlen.

Der Hausherr, ein distinguierter Endfünfziger im maßgeschneiderten, mitternachtsblauen Smoking, stand vor dem Steinway-Flügel und klopfte an sein leeres Punschglas.

„Liebe Gäste, was wäre eine Weihnachtsparty ohne Weihnachtslieder?" Er breitete die Arme aus. Seine Gattin verteilte unter den Gästen laminierte Notenblätter.

Das Licht wurde gedimmt, ein Scheinwerfer ging an und beleuchtete die Musiker. Meine kleine Harfenelfe zauberte mit ihren winzigen Händen weihnachtliche Akkorde. Ich schloss die Musiker als Auftragsmörder aus – sie waren zu gut an ihren Instrumenten.

Anders die Gäste. Während die mehr oder weniger notensicher „O du fröhliche" anstimmten, rief ich durch den Türschlitz in Richtung Bar: „Pst! Hierher!"

Der Barkeeper sah auf, dann kam er zu mir herüber. Ich war mittlerweile allein im Aufenthaltsraum – alle anderen hatten zu tun oder waren mal austreten oder was auch immer.

„Was ist?", brummte der Barkeeper. „Ich hab zu tun. Der Champagnerpunsch ist alle." Das bisschen, was der Mann an Höflichkeit besaß, brachte er offenbar nur den Gästen gegenüber auf, nicht für den Weihnachtsmann. Andererseits trug er – sicher nicht aus freien Stücken – ein Rentiergeweih auf dem Kopf. Das musste sich ja abträglich auf den Charakter darunter auswirken.

Ich setzte meinen Hab-mich-lieb-Dackelblick auf. „Zu blöd. Ich bräuchte dringend Schmierung vor meinem Auftritt." Mit dem Kopf deutete ich in Richtung der leeren Punschschüssel. „Ich habe früher auch als Barkeeper gejobbt. Kann ich helfen? Und mir dabei ein Glas abzwacken?"

Er lehnte ab, bot mir aber an, ein Haller Löwenbräu Export vorbeizubringen, was ich dankend annahm.

Kurz darauf war der Punsch fertig. In einer gigantischen Bowleschale, die an den Kessel der Macbeth-Hexen erinnerte, wogte eine nicht eindeutig zu identifizierende, urinfarbene Flüssigkeit.

Der Hausherr – trotz Drohbriefen immer noch quicklebendig – strahlte über alle vier Backen. Es gab ja Menschen, denen bedeutete Weihnachten noch etwas. Für die war Heiligabend nicht der Inbegriff von Konsumzwang und Inhaltsleere, sondern ein magisches Lichterfest voller Erinnerungen an eine herrliche Kindheit. Oder so ähnlich, keine Ahnung, ich gehörte nicht dazu. Aber der Hausherr. Sichtlich. Das freute mich für ihn.

Ich ließ schon mal die Schultern rollen und machte meine Stimmübungen. Gleich hatte ich meinen großen Auftritt.

Durch den Türspalt sah ich, wie die Gäste ihre nach dem vielen Singen ausgedörrten Kehlen großzügig mit Punsch befeuchteten.

Und dann war es so weit.

„Liebe Gäste", trillerte die Hausherrin und hickste. „Entschuldigung. Das muss der Punsch sein."

Die Anwesenden lachten höflich. Manche hicksten ebenfalls. Manche stützten sich schon am edlen Mobiliar ab. Der Punsch ging direkt ins Hirn – ohne Umwege über den Verdauungstrakt.

„Liebe Gäste." Nächster Versuch. Leicht lallend. „Wir haben jemand ganz Besonderen für Sie eingeladen. Gottfried, wärst du so gut, das Licht zu löschen?"

Gatte Gottfried drückte auf sein iPhone, und im Wohn-Ess-Salon ging das Licht aus. Nun strahlte nur noch der Baum. In LED-Blau. Ein paar Leute entzündeten Wunderkerzen.

Ich räusperte mich. Und klopfte an die Tür.

„Wer da?", juchzte die Gastgeberin mit ihrer hohen Kleinmädchenstimme. Eine impertinente Person. Wäre ich ihr Mann, ich hätte sie schon längst erschlagen. Mit der Gipsfigur eines geigenden Clowns, die auf dem Flügel stand, gleich neben dem Hausherrn.

„Ho, ho, ho", rief ich und riss die Tür auf. „Seid ihr auch alle brav gewesen?"

Schwer stapfte ich in die Raumesmitte.

„Ja", krähten die Honoratioren, größtenteils angeschickert.

„Na, das wird sich zeigen!", brummte ich und drohte spielerisch mit dem Zeigefinger in den weißen Samthandschuhen. „Bevor es Geschenke gibt, solltet ihr alle noch etwas trinken. Das kann nämlich dauern."

Die Gäste defilierten neuerlich an der Punschbowle vorbei, der Hausherr schenkte reichlich aus. Die Stimmung stieg. Überproportional. Starker Stoff, dieser Punsch.

„Fangen wir doch mit dir an, mein Kind", brummte ich, als alle mehr als versorgt waren, und bedeutete der Gastgeberin mit dem Zeigefinger, zu mir zu kommen.

„Ich? Aber ich doch nicht", hickste sie.

Sie stolperte auf mich zu, so breit über das Gesicht grinsend, wie es in dem festgezurrten Zustand noch ging. Ich lächelte milde. Sie hickste noch einmal, ging dann in Zeitlupe in die Knie und sackte auf dem Boden zusammen.

„Huch", rief eine Frauenstimme.

„Gerlind", rief der Hausherr, ließ das Punschglas fallen und eilte besorgt auf seine Gattin zu.

Gerlind und Gottfried. Das Schicksal musste sie zusammengeführt haben. Oder sie waren Cousin und Cousine.

Er beugte sich besorgt über sie. Die Gäste schienen nicht so besorgt. Jemand schoss ein Handyfoto. Gefühlloses Pack.

Mir dagegen wurde in solchen Momenten immer ganz warm ums Herz. In jenen seltenen Augenblicken, wenn sich im Verhalten zweier Menschen wahre Liebe zeigte. Ich seufzte.

Viel konnte Gatte Gottfried allerdings nicht tun. Er rief noch einmal „Gerlind", dann sackte er selbst über ihr zusammen.

Ein Gast – männlich, markig, bestimmt der stellvertretende Vorstandsvorsitzende – wollte nun seinerseits helfen. Er lief auf das am Boden liegende Ehepaarknäuel zu. Mittig im Raum stolperte er jedoch, fiel hin und schlitterte über den Boden, leider nicht in Richtung seines Chefs und dessen Frau, die ihn weich abgefedert hätten, sondern auf den riesigen Marmorblock der Showküche zu, gegen den er mit einem deutlich hörbaren *Zong!* knallte.

„Huch", rief dieselbe Frauenstimme von vorhin.

Mehrere Personen beiderlei Geschlechts sanken ihrerseits ohnmächtig zu Boden.

Die „Huch!"-Frau musste unter ihnen sein, denn es erklang kein weiteres Huch.

Ich öffnete noch eine Bierflasche und sah zu, wie auch die restlichen Gäste mehr oder weniger zeitlupig zu Boden gingen. Als ich die Flasche geleert hatte, befanden sich alle in der Horizontalen. Es konnte also losgehen.

Ich schaltete die Musikanlage ein und drehte die Lautstärke voll auf. Die Weihnachtslieder waren schon einprogrammiert. Zu den wummernden Klängen von McCartneys *Wonderful Christmastime* und später Bublés *Winter Wonderland* trug ich eine Thermoskanne mit Tee zu dem Wachmann an der Hintertür und den beiden Wachleuten an die Gartenpforte. Der Kampfhund bekam einen Wurstzipfel. Ich blieb noch kurz stehen, bis die Männer zusammengesackt waren, dann stapelte ich sie so hinter der wintergrünen Eibenhecke, dass sie von der Straße aus nicht zu sehen waren. Den Hund nahm ich mit ins Haus.

Zurück in der Villa erleichterte ich die Damen von ihrem edlen Geschmeide und die Herren von ihren sündteuren Uhren und Manschettenknöpfen. Alles Echtgold, Echtsilber und Mehrkaratdiamanten. Höchst lohnend. Hier und da leerte ich noch eine Brieftasche, nahm aber nur das Bargeld, keine Kreditkarten. Ich stopfte alles in die leeren Schachteln in meinem Sack. Ein letzter Blick auf die im Salon verteilten, hingestreckten Menschenleiber ... ja, alles paletti.

Weil man auch Kleinigkeiten nicht verachten soll, nahm ich mir anschließend noch die beiden Geschenketische vor. Den Tisch mit den Geschenken, die das Gastgeberehepaar für seine Gäste vorbereitet hatte – sämtlich hochwertige Drogerieartikel für den Herrn und die Dame – und den Tisch mit den Geschenken, die die Gäste mitgebracht hatten. Ich steckte zwei Seifen, einen Rasierschaum und eine bebilderte Kamasutra-Ausgabe ein. Reines Privatvergnügen. Muss ja auch sein.

Die Drohbriefe hatte natürlich ich geschrieben. Gute Vorbereitung ist alles. Dazu gehörten auch die K.-o.-Tropfen im Punsch für die Gäste und natürlich in dem großen Wasserspender fürs Personal im Aufenthaltsraum sowie im Tee für die Wachleute. An alles zu denken ist das A und O eines erfolgreichen Weihnachtsmanncoups! Keiner würde – mal abgesehen vom Finanziellen – einen dauerhaften Schaden davontragen. Allenfalls der Barkeeper: Dem hatte ich – weil er sich weigerte, etwas zu trinken – als Einzigem eine geharnischte Kopfnuss verpassen müssen.

Ich warf den Sack mit den geklauten Pretiosen in den Kastenwagen des echten Santa. Natürlich erst, nachdem ich den immer noch schlummernden Mann rüber in den beheizten Eingangsbereich der Villa geschleppt hatte. Ich konnte ihn nicht draußen an der Hecke ablegen – er trug ja nur noch seine Unterwäsche.

Zum Abschied kraulte ich dem Kampfhund die kupierten Öhrchen. „Bist ein Guter", gurrte ich. Er sah mich aus großen Augen an. Wir waren uns nie vorgestellt worden. Bestimmt hieß er Ajax. Oder Hasso. Ich gab ihm noch einen Wurstzipfel. „Leb wohl", sagte ich.

Und ich schwöre, dieser Achtzig-Kilo-Monsterhund bekam plötzlich einen Dackelblick, der dem meinen in nichts nachstand ...

Während ich mit dem Kastenwagen in Richtung Stuttgart zu meinem Hehler brauste und neben mir der Kampfhund mit der Welpenseele seinen Riesenschädel beglückt hechelnd aus dem Fenster hängen ließ, sagte ich mir mal wieder, wie so oft, dass das Leben glücklich gelebt sein will. Und das Glück liegt in der Reise, nicht im Ankommen. Man muss einfach nur die Balance finden, dann klappt das auch mit dem Glück – das Gleichgewicht zwischen Gut und Böse, Auf und Ab, Gin und Tonic, meins und deins.

Ich kraulte meinen neuen Gefährten. Wir waren definitiv auf dem Weg ins Glück.

Was für fröhliche, *fröhliche* Weihnachten!

Brief an meinen Mörder

Hallo, Alter –

entschuldige die plumpe Anrede, aber so ein Mord ist ja
etwas sehr Intimes, das uns für immer verbindet, auch
wenn wir uns kaum kennen, da darf ich sicher auf das
informelle Du zurückgreifen.

Ich will zugeben, dass es mich sehr überrascht hat,
als du plötzlich vor mir aufgetaucht bist, inklusive Ski-
maske und Eispickel. Damit rechnet man ja nicht, schon
gar nicht im vorweihnachtlichen Morgengrauen. Aber
unverhofft kommt oft, wie meine Großmutter immer zu
sagen pflegte.

Zu meiner Verteidigung darf ich anführen, dass ich
ehrlich nicht mit einem Überfall gerechnet habe – ich
meine, wer überfällt schon eine sechzigjährige Putzfrau,
die um halb sechs in der Frühe den Eingang zum Su-
permarkt feudelt? Geld ist bei mir nicht zu holen, und
wie viele perverse Sittenstrolche mit Oma-Fetisch gibt
es schon? Die Wahrscheinlichkeit, dass es mich trifft,
hielt ich immer für kleiner gleich null. Aber ich hatte
nach fünfunddreißig Jahren als Sekretärin auch nicht
damit gerechnet, dass ich kurz vor der Rente entlassen

würde und mir mein Geld als Hygienefachfrau verdienen müsste. Das Leben spielt uns oft üble Streiche ... hab ich recht oder hab ich recht?

Jedenfalls dachte ich bis zu dem Moment, wo du den Eispickel hochgehoben hast, dass es sich um einen Überfall handeln müsse. Es tut mir leid, aber ich dachte, du bist einer von diesen grobmaschig Gestrickten, die denken, ich würde die geheime Zahlenkombination für den Safe im Büro des Geschäftsführers kennen oder so.

Aber nein, du wolltest kein Geld, du wolltest nur mein Leben. Ich sage „nur", obwohl es natürlich das Kostbarste ist, was ich habe. Aber es ist kein Sachwert, nichts, was man veräußern könnte.

Kurz und gut, es tut mir leid. Mir tut leid, dass ich das Abonnement der Tageszeitung gekündigt habe, sonst hätte ich gelesen, dass ein blutrünstiger Kerl mit Eispickel schon drei Mal zugeschlagen hat. Immer frühmorgens, immer Frauen. Eine Bäckermeisterin und zwei Zeitungszustellerinnen. Mir tut leid, dass ich deshalb mit so etwas nicht gerechnet habe, sonst hätte ich womöglich anders reagiert.

Aber so erwischte es mich unverhofft.

Du hast offenbar nicht damit gerechnet, dass eine alte Frau so schnell zur Seite hüpfen kann, diese Fehleinschätzung teilen viele.

Ich hätte dann natürlich weglaufen sollen, das ist mir rückblickend klar. Aber als dein Eispickel sich in den Parkplatzboden bohrte, weil du in der Bewegung nicht so rasch innehalten konntest, da brach sich irgendetwas in mir Bahn. Ich hätte dir in diesem Moment nicht in die Kniekehlen treten sollen. Und vor allem hätte ich nicht mit meinem Putzeimer so fest auf deinen Hinterkopf einschlagen sollen. Mehrmals. Es stimmt auch nicht, dass die Verschlusskappen des Rohrreinigers und des Kalkentferners im Eimer locker saßen und sich dir deshalb versehentlich eine tödlich verätzende Mischung aus Rohrreiniger und Kalkentferner in Augen und Rachen ergoss. Das habe ich *absichtlich* getan. Weil ich ziemlich böse war. Vergiss nicht, du wolltest mich mit einem Eispickel erschlagen. Da kann man schon mal die Fassung verlieren.

Also, was ich eigentlich sagen wollte ... na ja, im Grunde will ich es nicht sagen, aber der Polizeipsychologe meinte, es würde mir guttun, wenn ich es aufschreibe und den Brief anschließend verbrenne, weil ich sonst womöglich ein posttraumatisches Stresssyndrom entwickle und nie wieder im Morgengrauen putzen gehen kann ... was ich also sagen wollte, ist, es tut mir leid. Und das nicht nur, weil es bestimmt schlechtes Karma gibt, so kurz vor Heiligabend jemand zu killen. Ich hätte weglaufen und dich später bei einer polizeilichen Gegenüberstellung wiedererkennen können. Vermutlich hättest du fünfzehn Jahre mit anschließender Sicherheitsverwahrung bekommen. Es hätte vielleicht noch viel Lebenszeit vor dir gelegen.

Aber es kam anders. Unverhofft kommt eben oft ...

Herzlichst, dein Opfer

Roadtrip mit Weihnachtself

Die wahren Abenteuer sind nicht im Kopf. Sie sind da draußen.

Dieses *da draußen* hat mich immer schon gereizt. Jede Reise ist für mich wie ein Regenbogen, an dessen Ende ein Topf voller Gold warten könnte. Oder mein persönlicher George Clooney. Oder doch wenigstens ein Designerkleid im Schnäppchenausverkauf.

Schon als Kind habe ich statt irgendwelcher Backfischbücher lieber Jules Verne gelesen – *Reise zum Mittelpunkt der Erde* oder *Reise um die Erde in 80 Tagen*. Mir war klar, dass ich irgendwann einmal das Reisen zu meinem Beruf machen würde. Glasklar war mir das. Marco Polo ist schließlich auch nicht fürs Zuhausebleiben berühmt geworden.

Aber im Leben kommt es ja immer anders, als man denkt. Das Übliche eben: Kopulation, Kurzschlussheirat, Kinder, Kleinstadtmief.

Mein Name tut nichts zur Sache. Ich bin weiblich, ledig – eigentlich geschieden, aber ledig klingt abenteuerlustiger –, postklimakteriell, und ich arbeite in der Müllentsorgung.

Mein Job ist nicht nur olfaktorisch bedenklich, aber einer muss ihn ja tun. Und nachdem die Kinder aus dem Haus waren und mein Mann fand, dass er mich durch eine halb so alte Ausgabe meiner selbst ersetzen sollte, was mich nach zwanzig Jahren Haushalt auf den Arbeitsmarkt spülte, konnte ich beim Wiedereinstieg ins Berufsleben nicht allzu wählerisch sein, also wurde es die Abfallbeseitigung.

Immerhin die mobile Abfallbeseitigung.

„Schau dir das an. Ist das nicht ...? Ist das nicht einfach ...?"

Fieberhaft suchte ich nach dem passenden Adjektiv, während ich in einem nicht ganz unriskanten Manöver die vor mir fahrende Seniorenschaukel überholte, in der andere einen schnittigen Ferrari Testarossa sehen mögen, ich aber erkenne das graue Haupt des Fahrers. Und die Kleine neben ihm ist mit Sicherheit nicht seine Enkelin. Mein Fuß bleit noch mehr aufs Gaspedal.

All das auf einer kurvigen Gebirgsstraße bei starkem Schneefall. Links der Berg, rechts der Abgrund. Piero gibt jedoch keinen Kommentar zu meiner Fahrweise ab. Nada. Nichts. Niente. Das schätze ich so an ihm. Cool. Gelassen. Ganz Gentleman. Trotz lächerlicher Elfenmütze in Grün und Rot und mit Schellenbommel.

Also, mit welchem Adjektiv lässt sich diese Schweizer Hochgebirgslanschaft beschreiben?

Ergreifend? Bewegend? Mitreißend? Unsagbar schön?

„... toll?", sage ich schließlich und zeige auf die grandiose Alpenkulisse vor uns.

Die Schweiz. Einer meiner Sehnsuchtsorte. Schon beim Grenzübertritt hat mir das Herz bis zum Hals gepocht. Die Grenzer winkten mich einfach durch.

Piero teilt meine Begeisterung schweigend. Gut so. Ich mag keine Schwätzer. Wenn ich es mir recht überlege, mag ich überhaupt keine Männer. Mehr. Das hat mir mein Ex gründlich ausgetrieben. Vielleicht ist es nur eine Phase, aber derzeit bin ich im Grunde am liebsten allein. Sogar jetzt über die Feiertage.

Nur auf Reisen mag ich nicht für mich sein. Schönheit gewinnt, wenn man sie teilen kann.

Der Testarossa-Fahrer hupt wie verrückt. Möglich, dass ich doch etwas sehr knapp vor ihm eingeschert bin. Aber der hat's nötig: Einen Wagen wie den seinen mit Schneeketten zu fahren, ist pure Blasphemie. Ich hebe die bis zum Ellbogen behandschuhte Linke und winke lässig.

Soll er sich doch bei meinem Ex beschweren. Wie ich bin, was ich bin, habe ich Christian zu verdanken. Rückblickend betrachtet ein mieses Wiesel, das mein Urvertrauen in die holde Männlichkeit nachhaltig ausradiert hat.

Aber das Leben geht ja weiter. Man kommt über alles hinweg. Auch über miese Wiesel. Und im Augenblick hab ich ja Piero.

Piero. Gut fünfzehn Jahre jünger als ich. Schätze ich mal. Gefragt habe ich nicht. Ein Bild von einem Kerl. Schauspieler. Mit widerspenstigen, dunklen Locken, sexy Dreitagebart und einem unwiderstehlichen Lächeln. Mucho Macho, aber in genau der richtigen Dosis für ein Vollweib wie mich.

Wir düsen weiter, immer im Schatten der majestätischen Gletscher der Welschschweiz, die wir zügig hinter uns lassen. Bei meinem Tempo kann ich den Blick nicht wirklich lange vom Asphalt abwenden, bin ja nicht suizidal, aber innerlich visualisiere ich weiß-romantisches Heidiland: Berghütten mit Schneemützen und Gämsen im Tiefschnee. Es hat einen Grund, warum das Weihnachten, wie man es heute kennt, in den Bergen erfunden wurde.

Ein Dorf taucht vor uns auf. Und ein Hinweisschild. *Heiße Maroni.*

„Ist es dir recht, wenn ich kurz halte und mir eine Tüte Maroni besorge?"

Ich parke direkt vor einem Parken-verboten-Schild. Gesetze und Regeln betrachte ich grundsätzlich nur als optionale Vorschläge, niemals als bindende Vorschriften.

„Du willst ja sicher nichts, oder?" Ich schenke Weihnachtself Piero ein Lächeln.

Nein, er will nichts. Das mag ich an Männern. Wenn sie pflegeleicht sind.

„Bin gleich wieder da." Ich wickele mir meinen wärmenden Paschmina-Schal um Hals und Schultern, lege noch den Deckel auf die Hutschachtel und steige aus. An diesem Tag trage ich einen roten Hosenanzug – knitterfreies Stretchmaterial, trotzdem elegant. Ein Pariser Couture-Modell.

Viel los ist nicht vor dem Maroni-Stand. Nur ein paar Versprengte. Alle schauen mich an. Die Männer auf den Po, die Frauen auf das Gesamtbild. Letzteres ist umwerfend, wenn ich das selbst sagen darf. War ja, weiß Gott, auch teuer genug. Aber nicht zuletzt dank Piero kann ich mir das jetzt leisten.

Das Dorf mit dem Maroni-Stand befindet sich auf einem kleinen Plateau. Ein Rundblick zum Niederknien.

Wir müssen die Welt durchreisen, um das Schöne zu finden, aber wir müssen es in uns tragen, sonst sehen wir es nicht. Hat Ralph Waldo Emerson gesagt. Ich liebe Zitate und Aphorismen und kluge Sprüche. Wenn ich kein solcher Menschenfeind wäre, hätte ich das laut ausgesprochen, denn neben mir stehen wild knipsend zwei Touristen aus Indien, die sichtlich ebenso von der Aussicht begeistert sind wie ich. Aber ich werfe meine Spruchweisheiten keinen Fremden vor die Füße. Weder Indern noch sonst wem.

Ich atme ein paar Mal die frische Bergluft ein und esse beherzt meine Maroni. Falls Kastanien direkt auf die Hüften gehen, macht das nichts – lässt sich ja alles wieder absaugen.

Auf dem Rückweg zum Wagen kaufe ich an einem Kiosk eine Packung Drops (*Wer hat's erfunden?*) und das Schweizer Äquivalent der BILD-Zeitung. Der eidgenössische Kioskbetreiber, der so breit ist wie groß, beschwert sich nicht über den großen Schein, den ich ihm für diesen kleinen Kauf reiche, weil er sich – vornübergebeugt vor seiner Kasse – nur Millimeter von meinem Dekolleté entfernt befindet, das unter dem Paschmina-Schal hervorlugt und zum Reinbeißen ist, wenn ich das selbst sagen darf. Bodenseeklinik. Keine billigen Ost-Implantate.

„Soll ich dir die Schlagzeilen vorlesen?", frage ich Piero, als ich wieder im Auto sitze, aber er hat kein Interesse.

Eine letzte Maroni kauend gehe ich das Revolverblatt durch. Piero bewundert derweil die Aussicht. Oder meinen Körper. Oder schläft mit offenen Augen.

In der Zeitung steht nur der übliche depressive Mist: Krieg, Klimakatastrophe, Kaskaden des Bösen. Wahlweise nur der übliche Weihnachtsrührseligkeitskitsch: Bei der Geburt getrennte Zwillinge finden sich wieder, entführter Hund läuft 200 Kilometer zu seiner Familie zurück et cetera, blabla. Kann man lesen. Muss man aber nicht. Mich interessiert ohnehin immer nur mein Horoskop.

An diesem Tag lautet es für Löwinnen: *Sie sind auf dem richtigen Weg. Genießen Sie die kleinen Dinge.*

Na bitte, wie für mich gemacht.

Ich werfe die Zeitung auf den Rücksitz und fahre los.

Mir gefallen diese ziellosen Ausflüge. Bei denen es nicht wichtig ist, wann man ankommt. Ob man überhaupt ankommt. Weil man unterwegs merkt, dass man vielleicht doch wo ganz anders hinwill. Dieses Sich-treiben-Lassen im Strom des Lebens. Das Abenteuer der Reise. Auch mal Irrwege riskieren. Oder wie es Hélène Cixous formuliert hat: Ich finde Orientierung da, wo ich mich verirrt habe.

Nie weiß man, was einen erwartet. Wirklich nie. Das Exotische. Das Außergewöhnliche. Das prickelnd Gefährliche, das einem einen Kick gibt. Hinter jeder Ecke kann es auf dich warten.

In der Schweiz ist natürlich das Risiko gering, auf Menschenfresser zu stoßen. Oder eine bis dato noch unbekannte Felsformation oder Tierart oder fleischfressende Pflanze anzutreffen. Aber mir geht es ja auch nicht um die großen Dinge. Nur auf die kleinen Dinge kommt es an. Die muss man genießen. Da bin ich ganz deckungsgleich mit meinem Horoskop.

Ich muss lächeln.

Piero lächelt ebenfalls. Er ist ein Dauerlächler. Nicht nur zur Friede-Freude-Weihnachtszeit, nein: immer. Zu süß.

Die Wintersonne lacht am blauen Himmel. Es hat aufgehört zu schneien. Es geht über Viadukte, durch Felstunnel und unter Felsüberhängen hindurch. Eine Zeitlang verläuft die Trasse einer Bergbahn parallel zur Straße. Und immer wieder fällt es neben der Straße steil ab, in einen gähnenden Schlund, der unachtsame

Fahrer mitsamt Fahrzeug in die Tiefe saugen will. Aber ich bin eine exzellente Fahrerin. Deswegen fahre ich auch immer selbst und lasse mich nie fahren. Schon gar nicht von Männern. Es gibt zwei Sachen, von denen ein Mann nie zugeben wird, dass er sie nicht gut kann: Sex und Autofahren. Hat Stirling Moss gesagt. Der muss es wissen.

Es ist nicht viel Verkehr an diesem Wochentag außerhalb der Feriensaison und abseits der großen Straßen. Wir sind so gut wie allein unterwegs. Je abgeschiedener es wird, desto menschenleerer wird es. Uns begegnen nur zwei Postbusse.

Dadurch fällt der Kombi in undefinierbarer Tarnfarbe mit Schmutzschicht umso mehr auf, der uns seit geraumer Weile zu folgen scheint.

Auch hier oben, im abgelegensten Winkel der Schweiz, wohnen Menschen. Vielleicht ist der Fahrer einer von ihnen. Auf dem Heimweg vom *Migros*-Großeinkauf, den Kofferraum randvoll mit *Sprüngli*-Schoggi, Fondue-Spießen und Alphörnern – was man hier für den täglichen Bedarf eben so ersteht.

Doch ich glaube das nicht. Ich bin misstrauisch. Und das aus gutem Grund.

„Bist du angeschnallt?", frage ich Piero, obwohl ich natürlich weiß, dass er gut gesichert ist. Dem Süßen darf nichts passieren.

Er lächelt nur.

Ich trete aufs Gas.

Wie gesagt bin ich in der mobilen Abfallbeseitigung tätig. Ich bin nicht auf einem geruhsamen Urlaubsausflug in Helvetien, ich bin beruflich unterwegs.

Wenn ich Abfall sage, meine ich das im weitesten Sinne. Ich rede hier von besonderem Müll: Biomüll. Und zwar Sonderbiomüll. Also, ich kann's ja gleich offen sagen: Ich entsorge Leichen.

Meine Auftraggeber sind russische Oligarchen, asiatische Triaden-Shogune, italienische Paten und freiberufliche Auftragskiller. Ich agiere international und vorurteilslos. Der Job liegt mir – ich habe immer schon gern für Ordnung gesorgt. Ich bin Schwäbin, da hat man Kehrwochen aller Art im Blut.

Und meine Leichen sind keine unbescholtenen Familienväter, sondern hochgefährlicher Sondermüll: durch die Bank üble Gestalten – konkurrierende Drogenhändler oder Waffenschieber oder korrupte Politiker, hie und da auch mal im Privatauftrag ein Kinderschänder oder Frauenschläger. Die Welt ist ohne diese Typen besser dran.

Langer Rede kurzer Sinn: Ich töte nicht, ich sorge nur für die korrekte finale Endlagerung. Wenn Sie mich fragen: Frauen können das besser als Männer. Keine meiner Leichen wurde je gefunden, und das soll sich auch in Zukunft nicht ändern.

Spontaneität und Vielfalt sind mein Geheimnis. Ich fahre einfach los und schaue, was mich unterwegs inspiriert. Meine Klappschaufel habe ich grundsätzlich dabei, denn in einem frisch ausgehobenen Grab lässt sich nachts um zwei beispielsweise noch problemlos ein Zusatztoter unterheben. Auch die Kettensäge ist immer mit dabei, wegen der besseren Kleinteilentsorgung. Die Details tun nichts zur Sache. Jedenfalls bin ich flexibel.

Meine Konkurrenz hat dagegen zumeist feste, wie in Stein gemeißelte Methoden – Sergio deponiert seine Toten grundsätzlich in Müllverbrennungsanlagen,

Jean-Claude ist für seine Entsorgung in Güllegruben berüchtigt, aber hören Sie auf meine Worte: Wenn man von denen jemals auch nur *eine* Leiche findet, kommt die Lawine ins Rollen, eine Leiche führt zur nächsten, und meine Konkurrenten fliegen schnurstracks auf. Bei mir wird dagegen jeder Tote individuell entsorgt. Das garantiert mir größtmögliche Sicherheit vor Enttarnung.

Mein Erfolg stößt leider nicht überall auf Gegenliebe.

Der Kombi folgt mir im immer gleichen Abstand, obwohl die Tachonadel sich jetzt im dreistelligen Bereich bewegt. Was, wie ich anmerken möchte, aufgrund der Straßenführung – eine kurvenreiche Gefällstrecke – in Kombination mit der Schneeglätte eine hervorzuhebende Leistung ist.

Aber der Kombi lässt sich nicht abschütteln. Der Fahrer versteht etwas von seinem Handwerk. Handelt es sich um ein Zivilfahrzeug der Exekutive? Interpol? Schweizer Polizei?

Mit quietschenden Reifen fahre ich in die nächste Kurve.

„Geronimo!", brülle ich, so laut ich kann. Ich spüre das Adrenalin. In Momenten wie diesen kribbelt mein ganzer Körper vor Lust, am Leben zu sein. Ist das Glück?

Plötzlich steht vor uns auf der Straße eine Katze. *Eine schwarze von links, was Gutes bringt's.*

Ich trete auf die Bremse.

Das Hinterteil meines Aston Martin bekommt dieses Manöver nicht so schnell mit. Während vorn beide Räder stillstehen, versucht das Heck, die Vorderräder zu überholen. Wir drehen uns im Kreis wie ein Derwisch.

Mein Wagen schlittert an der Katze vorbei, die entweder in Schreckstarre verfallen ist oder sich zen-buddhistisch-meditativ mit ihrem Schicksal abgefunden hat.

Der Aston Martin kommt zum Stehen.

Der Katze ist nichts passiert.

Ich schlucke und hole mehrmals tief Luft. Wie gut, dass wir hier neben einer verschneiten Weide sind und nicht an einem der klaffenden Abgründe von gerade eben.

„Bei dir alles okay?", frage ich Piero.

Doch da kommt auch schon der Kombi, nur Millimeter vom Aston Martin entfernt, zum Stehen. Es riecht nach verbranntem Gummi.

Ich ziehe meine Walther PPK aus meinem Louis-Vuitton-Shopper, befehle Piero „Rühr dich nicht!" und rolle mich aus dem Wagen.

Eine solche Konfrontation habe ich immer gefürchtet. Aber natürlich war sie unausweichlich. Und ich bin vorbereitet. Ich bin eine gute Schützin. Wenn es sein muss, schieße ich einem Erpel den Bürzel weg. Auch wenn ich noch nie im Leben jemanden getötet habe – selbst Spinnen trage ich auf einem Blatt Papier aus dem Badezimmer und trete sie nicht platt. Aber gegen mehrere gut ausgebildete Profikiller habe ich natürlich keine Chance. Wie viele Typen sitzen in diesem Kombi? Ich sehe Butch Cassidy and the Sundance Kid vor mir, die im Kugelhagel tanzend untergehen. Mein Motto: Furios abtreten!

Im Kombi rührt sich nichts.

Es ist auf gar keinen Fall ein unbescholtener Schweizer. Der wäre schon längst aus dem Wagen gesprungen und hätte nachgesehen, ob er mir helfen kann.

Ich luge hinter dem Aston Martin hoch. Es sitzt nur eine Gestalt im Kombi. Vom Umriss her ein Mann.

Die Welt scheint stillzustehen.

Also, die Welt schon, die Katze nicht. Sie stolziert gemächlich in Richtung eines Kuhstalls.

Die Beifahrertür des Kombi geht auf, und jemand lässt sich herausrollen. Wir haben dieselbe Technik drauf.

Ich bin schnell, sehr schnell. Der Kombi-Fahrer hat sich noch nicht ganz in Positur gekauert, da husche ich auch schon an kratzigem Buschwerk vorbei auf ihn zu, baue mich hinter seinem in Tweed gewandeten Rücken auf und belle: „Keine Bewegung!"

Er erstarrt.

„Waffe fallen lassen!", befehle ich.

Seine Glock plumpst in den gelben Schnee am Straßenrand.

„Hände hoch!", ordne ich an. „Schön langsam!"

Er gehorcht.

Wenn im Entsorgungsgeschäft mal alle Stricke reißen sollten, könnte ich immer noch als Domina arbeiten.

„Und jetzt umdrehen. In Zeitlupe, wenn ich bitten darf." Erstaunlich, wie ruhig ich bleibe.

Was vielleicht daran liegt, dass ich ihn in dem Moment erkenne, als ich sein Profil sehe. Die Nase ist unverkennbar.

„Jean-Claude!", rutscht es aus mir heraus. Ich kann es kaum glauben. Mein Güllegrubenkonkurrent!

Er spürt mein Zögern, springt auf mich zu und will mir einen linken Haken versetzen, aber Jean-Claude ist ein Schrank von einem Kerl, und seine gigantische Linke ist zwar massig, aber für jemand, der so fix ist wie ich, zu langsam.

„Was soll denn das?", rufe ich und ducke mich weg.

„Hier ist kein Platz für uns beide!", brüllt er, und ich bin mir sicher, dass er nicht nur diese einsame Bergstraße, sondern die ganze Schweiz meint, wenn nicht gar ganz Europa oder den Globus.

Das wurmt mich dann doch. Ich habe nie irgendwem eine Leiche aktiv abspenstig gemacht. Meine Kollegialität steht völlig außer Frage. Und es gibt doch weiß Gott genug tote Schurken für uns alle, oder?

Ich versetze Jean-Claude mit dem Griff meiner Walther eine knallharte Kopfnuss und treffe ihn voll auf die Nase. Er schreit auf. Um auf Nummer sicher zu gehen, trete ich ihm noch schwungvoll in die Weichteile. Zweimal. Kurz hintereinander. Jean-Claude sackt jaulend in sich zusammen. Frauen älteren Semesters werden ja grundsätzlich unterschätzt. Das hat er nun davon!

Jean-Claude bleibt wimmernd in Embryonalstellung liegen, und ich kann in aller Seelenruhe zum Aston Martin gehen, das Pfefferspray aus dem Shopper fischen, „Bin gleich fertig" zu Piero sagen und zu Jean-Claude zurückkehren, um ihm ausgiebig die Augen pfeffrig zu sprayen. Eine weitere Verfolgung durch ihn wäre damit ausgeschlossen.

Er brüllt wie am Spieß. Aber ich lasse ihn immerhin am Leben. Ich erwähnte ja schon, dass ich nur entsorge. Ich kille nicht.

„Man sieht sich", sage ich zu Jean-Claude, der mich über sein Geschrei wahrscheinlich nicht hören kann. Im Grunde gehe ich aber nicht davon aus, ihn jemals wiederzusehen. Es ist ja nicht so, als ob wir einen „Entsorger"-Stammtisch mit regelmäßigen Kegelausflügen hätten.

„Huh, das war aufregend!", sage ich, während der Aston Martin wieder an Fahrt zulegt. Die Schweizer Landschaft saust an uns vorbei. Ich habe mich lange nicht mehr so lebendig gefühlt.

Piero scheint mir allerdings etwas bleich. Ich streichle ihm eine dunkle Locke aus der Stirn.

„Da haben wir aber nochmal Glück gehabt", sage ich zu Piero. Ich werfe ihm einen liebevollen Blick zu. Bezüglich seiner näheren Zukunft muss ich mir allmählich konkrete Gedanken machen.

Meine Zeit mit dem Weihnachtself Piero nähert sich ihrem Ende – keine Ahnung, ob er so hieß, als er noch lebte, ich nenne ihn nur so, weil Piero ein so schöner Name ist und so gut zu diesem sexy Schädel passt. Diesen Auftrag erledige ich als Gefälligkeit für einen Stamm-Auftraggeber von mir. Dessen Sohn die Zweitbesetzung in einem Weihnachtsstück ist. Und der die Rolle bekommen wird, sobald es die Erstbesetzung nicht mehr gibt. Was nunmehr der Fall ist.

Ich schaue in Pieros samtig braune Augen und seufze. Kurz darauf dämmert der Abend. Ich sehe ein Hinweisschild auf das Hotel Schloss Ragaz, fasse spontan den Entschluss, mich dort einzuquartieren und einen schlummerfördernden Gin Tonic oder auch zwei zu trinken, und was sehe ich, als ich in die Auffahrt zum Schlosshotel einbiege? Einen Kopflosen! Will heißen, eine Steinskulptur ohne Schädel.

In dem Moment weiß ich noch nicht, dass ein durch Spaltenfrost verursachter Steinschlag die Statue kurz zuvor enthauptet hat und man den Kopf im kommenden Frühjahr wieder aufsetzen will. Ich sehe nur den kopflosen Steinkörper und weiß, das ist ein Zeichen des Schicksals. Hier werde ich Piero entsorgen.

Bevor ich einchecke, lächele ich Piero in der Hutschachtel noch einmal besonders wohlwollend zu. Wo der Rest seines Körpers ist, weiß ich nicht, es geht mich auch nichts an. Für die Entsorgung des Kopfes habe ich jedenfalls den vollen Preis bekommen, das reicht mir.

Vielleicht hat mein Auftraggeber das Projekt gesplittet, und Sergio wirft den Körper gerade in eine norditalienische Verbrennungsanlage.

Ich streichele die Weihnachtselfmütze. Was haben wir es schön gehabt. Irgendwie ist er mir ans Herz gewachsen. Nicht so sehr, dass ich ihn mitnehmen und ihn – eingelegt in Formaldehyd – in meinen eigenen Keller stellen will. Aber genug, um ihn in wohliger Erinnerung zu behalten, nachdem ich ihn irgendwann heute Nacht auf dem Hotelgelände verbuddelt habe.

Ciao, mein süßer Weihnachtself, es war schön mit dir!

Flammendes Inferno

(Nur ohne Flammen. Und ohne Inferno. Aber mit einem Hochhausaufzug.)

I'm dreaming of a white Christmas, With every Christmas card I write, May your days be merry and bright, And may all your Christmases be white ...

Mit säuselnder Stimme hauchte Sänger Bing Crosby die Worte aus dem Lautsprecher in der oberen linken Ecke des Hochhausaufzugs.

Vier Männer befanden sich in der Kabine, keiner wippte im Takt mit dem Kopf. Oder sonst einem Körperteil.

Einer von ihnen, der Rauschgoldengel, schaute verstohlen nach rechts, dann nach vorn, dann wieder nach rechts. Er wischte sich eine goldene Kunsthaar-Locke aus dem Gesicht, räusperte sich verschämt und sagte zu dem Weihnachtsmann rechts neben ihm: „'tschuldigung ... das ist sonst wirklich nicht meine Art, aber ... kennen wir uns nicht?"

Der Weihnachtsmann atmete erleichtert aus. „Puh, da bin ich aber froh, dass es Ihnen auch so geht. Ich hab schon die ganze Zeit gedacht, sag ich jetzt was ... oder sag ich nichts … Also, ich *weiß*, dass ich Sie schon mal gesehen habe, ich weiß nur nicht mehr, wo. Oder wann."

Der Engel nickte heftig. Seine Locken hüpften, seine Flügel schlugen gegen die Kabinenwand. „Meine Güte, jetzt bin ich froh. Ich dachte schon, ich spinne. Bin mir ganz sicher, dass wir uns kennen. Aber ich kann Sie gerade auch nicht zuordnen. Ich habe das Gefühl, dass es schon länger her ist."

Arno Rübenstein, links neben dem Engel, gab ein ungnädiges *Hmpf* von sich.

Gisbert Köppke, auf der anderen Seite des Weihnachtsmannes, ließ ein ebenso ungnädiges *Grmpf* erklingen. Nur im Falsett.

„Sie kommen aber nicht zufällig aus Halle an der Saale?", fragte der Mann, der als Engel verkleidet war. Er wirkte aufgeregt, wie ein junger Welpe, der etwas erschnüffelt hat. „Haben wir zusammen die Schulbank gedrückt? Die Händel-Hauptschule?"

„Nee", erwiderte der Weihnachtsmann. „Ich bin Kölner. Aber ich mache oft Urlaub in München."

Die erdkundlichen Zuordnungen erschlossen sich Außenstehenden nicht. Köppke und Rübenstein runzelten die jeweiligen Stirnfalten.

„Hofbräuhaus!" Der Engel strahlte auf. „Ich komm beruflich oft durch München, und dann ess ich dort immer das Braumeistersteak mit Schmelzzwiebeln."

„Äh … ich war nie im Hofbräuhaus. Ich trinke keinen Alkohol. Und ich bin Veganer."

„Veganer?" Der Rauschgoldengel klang pikiert.

„Und vor allem Abstinenzler!" Der Weihnachtsmann guckte streng, wie ein Missionar im Kochtopf, der dem Eingeborenen, der ihn gerade als Sonntagsbraten zubereiten will, erklärt, dass er unter *keinen* Umständen mit Tapiokaschnaps mariniert werden will.

Der Engel musterte den fleckigen Aufzugskabinenboden, der Weihnachtsmann schaute sinnierend an die Aufzugskabinendecke. Es trat eine kurze, angespannte Pause ein, wie es so oft der Fall ist, wenn konträre Lebensentwürfe auf engstem Raum aufeinanderclashen und einem schmerzlich bewusst wird, dass man sich nicht einfach umdrehen und weggehen kann.

Da ertönte ein melodisches *Pling*, und eine sinnliche Frauenstimme hauchte: „Stockwerk 23." Die Aufzugstüren öffneten sich.

Deniz Arslan und Kurt Schmöll, Mitarbeiter der Hochhaus-Security, standen – zu allem bereit und mit gezückten Tasern – in der offenen Aufzugstür. Wegen der Jahreszeit trugen sie rote Santa-Mützen. Unisono riefen sie: „Keine Bewegung!"

Der Weihnachtsmann und sein Engel feuerten ihre Uzi-Maschinenpistolen vorwarnungslos ab. *Ratterratterratterratter* ... Durch die sich schließenden Aufzugstüren sah man die völlig durchsiebten Männerkörper von Arslan und Schmöll, die im Kugelhagel an die gegenüberliegende Wand geschleudert worden waren, langsam zu Boden gleiten. Sie hinterließen tiefrote Schlieren auf der blassrosa Raufasertapete.

Köppke und Rübenstein schluckten schwer. Aufschreien konnten sie wegen der Paketklebebänder über ihren Mündern nicht.

„Eventuell Berlin?", schlug der Weihnachtsmann – völlig ungerührt von den jüngsten Ereignissen – vor, während der Aufzug weiter nach oben glitt. „Könnten wir uns da gesehen haben? Beim Mauerfall!"

„Ja! Ja, das ist es!" Fröhlich schlug sich der Engel mit der Hand an die Stirn. „Ja klar, Berlin! Aber nicht beim Mauerfall, da war ich gerade für einen Job in Rheda-Wiedenbrück. Aber ich habe drei Jahre lang als Türsteher auf der *Berlinale* gearbeitet. Da müssen wir uns begegnet sein! Waren Sie da auch Türsteher?"

„Ja, nee ..." Der Engel wurde rot. „Ich hab nie in Berlin gearbeitet. Also, nicht in meinem Brot-Job. Nur in meinem Nebenjob. Eigentlich bin ich nämlich Schauspieler."

„Wow! Schauspieler, echt? Dann hab ich Sie doch vielleicht auf der Leinwand gesehen – ich liebe Kinofilme. In den Türsteherpausen habe ich mir ziemlich viele *Berlinale*-Filme reingezogen."

„Meine Filme liefen nie im Berlinale-Hauptprogramm. Mehr so ... Off-off ..." Die Stimme des Engels – ein tiefer, vibrierender Bass – verlor sich.

„Na, ich gucke ja auch Netflix. In welchen Filmen haben Sie denn mitgespielt? Vielleicht habe ich Sie ja doch gesehen."

„An die Titel werden Sie sich nicht erinnern."

„Warum nicht? Ich habe ein echt gutes Gedächtnis!"

„Das waren immer Filme, bei denen der Titel eher egal ist."

„Bei welchen Filmen ist denn der Titel egal?"

„Pornos."

Der Weihnachtsmann musterte den Engel vom Scheitel bis zu den Sohlen, mit kurzem Zwischenstopp in der Körpermitte. „Sie sehen irgendwie nicht so aus, als würden Sie Pornos drehen", meinte er zweifelnd.

Neben dem Weihnachtsmann machte Rübenstein hinter dem Knebel in seinem Mund *Grmpfhmpf.* Immer noch falsettig.

Der Engel trat Rübenstein mit seinem Springerstiefel gegen den Körper. Mehrmals. Dann gegen den Kopf. Das auch noch heftig. Weil er zwar eigentlich immer *Hamlet* hatte spielen wollen und nicht den Bademeister mit dem größten Tortenheber in der Hose, es ihn aber trotzdem maßlos ärgerte, wenn man ihm den Zuchthengst nicht zutraute.

Filialleiter Rübenstein sackte schwer gegen die Aufzugswand. Es gab ein unschön dumpfes *Plop*-Geräusch. Vermutlich eine atlanto-okzipitale Dislokation, die die Halswirbelsäule von der Schädelbasis trennte. Direktor Rübenstein lebte zwar noch, aber nicht mehr lange.

Es *plingte* erneut, und die Frauenstimme hauchte: „Stockwerk 31." Die Türen der Kabine öffneten sich wieder.

Sekretärin Gisela Gerwitte aus der Personalabteilung, die noch nicht mitbekommen hatte, dass die Großbankfiliale im Erdgeschoss während der Weihnachtsparty überfallen worden war, sah die beiden kostümierten, schwerbewaffneten Männer vor sich. Ihr entfleuchte ein: „Huch!"

Der Engel, immer noch wütend, aber kein Frauenkiller, bellte: „Mach 'nen Abgang, du Schnepfe."

„Haben Sie mich gerade Schnepfe genannt?", empörte sich Gisela und stemmte die Arme in die Hüften. Das war aber, bevor sie den mittlerweile dreivierteltoten Rübenstein sah und die weit aufgerissenen, panischen Augen von Köppke. „Das nehmen Sie zurück, Sie ..."

Die Kabinentüren schlossen sich wieder.

Auf der anderen Seite vom Weihnachtsmann wimmerte Köppke hinter seinem Knebel. *Wimmerwimmerwimmer.* Köppke war der stellvertretende Filialleiter, und ihn trieb zunehmend die Befürchtung um, dass er diese Geiselnahme ebenfalls nicht überleben würde.

Der Weihnachtsmann und der Rauschgoldengel sahen sich an. Sie kannten sich nicht. Zusammen mit den beiden anderen, die bei dem etwas aus dem Ruder gelaufenen Überfall von den Sicherheitsleuten in der Bankfiliale erschossen worden waren, hatten sie sich anonym im Darknet gefunden und wollten es, zu ihrer eigenen Sicherheit, auch dabei belassen.

Der Engel sagte: „Tja, jetzt hätten wir geklärt, woher *Sie* mich kennen, fragt sich aber noch, warum Sie *mir* so bekannt vorkommen."

„Nee, Moooment, das mit den Filmen kann es nicht gewesen sein. Ich schaue keine Pornos. Das ist ..." Der Weihnachtsmann wollte *pervers* sagen, aber das hätte die Stimmung im Aufzug vollständig zum Kippen gebracht. Deswegen meinte er nur halbherzig: „... öhm ... Pornos sind nicht so meins. Ich schaue lieber Dokumentarfilme. Über Nasenaffen auf Borneo oder ..." Ihm fiel nichts mehr ein. Hauptsächlich deshalb, weil er natürlich doch Pornos guckte, aber nur japanische. Weswegen er ja auch so sicher war, dass er den Engel nicht aus einem Porno kennen konnte. Der Engel sah nämlich nicht wie ein Japaner aus.

Der Rauschgoldengel seinerseits schwieg.

Stille senkte sich über die Kabine. Nur Bing Crosby sang immer noch von weißen Weihnachten.

Plötzlich machte es auf dem Kabinendach *wumms*.

Der Weihnachtsmann und der Rauschgoldengel schauten nach oben, dann sahen sie sich an, dann schauten sie wieder nach oben und feuerten ihre Uzis leer.

Ratterratterratterratter.

Köppke zog den Kopf ein und wimmerte erneut. *Wimmerwimmer.*

Der Weihnachtsmann und der Engel highfünften sich und guckten triumphierend. Aber nur, bis man ein weiteres *Wumms* hörte und sich eine Falltür im Kabinendach öffnete.

„Keine Bewegung!", röhrte ein Typ vom Sondereinsatzkommando, der haargenau wie Bruce Willis in *Die Hard* aussah. Nur nicht im Unterhemd, sondern im

Einsatzoverall mit Körperschutz. Er zielte mit seiner Schnellfeuerwaffe auf den schmalen Raum zwischen Weihnachtsmann und Engel. Keine Frage, wer immer von den beiden auch nur mit dem Nasenflügel zitterte, würde sofort abgeknallt.

Einen kurzen Moment schien die Zeit stillzustehen.

Dann rief der Rauschgoldengel fröhlich: „Nee, das glaub ich jetzt nicht!"

„Ja, isses denn ...?" Bruce Willis strahlte. „Karl-Heinz? Bist du das?"

Köppke sah nach oben zur Falltür, durch die das Blut eines toten SEK-Mannes tropfte.

Der Engel in seinem weißgoldenen Kleidchen trat aus der Tropfrichtung, ließ seine Uzi sinken und schob auch die Uzi des Weihnachtsmannes nach unten. „Lass mal, das ist ein alter Kumpel von mir. Wir sind Kegelbrüder. Sind schon mehrmals bei Turnieren gegeneinander angetreten."

„Ich kegele bei den Six-Pack-Bowlern!", erläuterte Bruce Willis stolz und ließ sich durch die geöffnete Falltür in den Kabinenraum gleiten.

„Das glaub ich jetzt nicht!", rief der Weihnachtsmann. „Das ist doch ..." Er schwang seine Uzi. Aber nicht in mörderischer Absicht, sondern vor Begeisterung. „... total toll ist das! Ich kegele *auch*!"

Köppke rollte mit den Augen.

„Dann kennen wir uns ...", fing der Engel an und strahlte wie ein Honigkuchenpferd.

„... vom Sechs-Tage-Kegeln in Klein-Machnow!", beendete der Weihnachtsmann den Satz, ebenfalls breit grinsend.

Jetzt hatten sie es!

„Mensch, Jungs, wenn ich das gewusst hätte ... wir hatten gestern Abend freies Kegeln für alle. Ihr hättet dabei sein sollen! Da gab es ein paar Hammerwürfe", sagte Bruce Willis.

„Nee, wär nicht gegangen. Gestern Abend hatten wir unsere letzte Einsatzbesprechung." Der Engel machte eine ausholende Rundum-Geste. „Und jetzt haben wir auch keine Zeit. Wir haben einen Hubschrauber gechartert. Der landet in zwei Minuten auf dem Dach vom Hochhaus."

Bruce Willis nickte wissend. „Verstehe. Tja, das ist jetzt blöd, oder? Ich kann euch nicht gehen lassen, das ist euch schon klar, oder?"

Köppke nickte heftig.

Bruce Willis schlug mit dem Lauf seiner Schnellfeuerwaffe gegen den Notknopf des Aufzugs. Sofort blieb die Kabine ruckartig stehen. Er drückte auf den Erdgeschossknopf, und die Kabine rauschte in die Tiefe.

Der Rauschgoldengel und der Weihnachtsmann sahen sich wieder an. Dann sagte der Engel: „Komm schon, von einem Kegelbruder zum anderen. Wir können dir auch was abgeben." Er stieß mit dem Springerstiefel gegen eine der vier Reisetaschen auf dem Kabinenboden. „Sechs Mille. Das reicht locker für uns drei."

„Nee, echt jetzt, ich steh *so* kurz vor meiner Beförderung." Bruce Willis guckte entschuldigend.

Es *plingte,* und die sinnliche Frauenstimme hauchte: „Stockwerk 31." Die Türen der Kabine öffneten sich, und man sah Gisela Gerwitte, die mit ganz und gar nicht sinnlicher Stimme bäffte: „Sie schon wieder! Glauben Sie ja nicht, ich hätte vor Ihnen Angst – ich habe damals an der Seite von Alice Schwarzer meinen BH verbrannt. Ich weiß, dass Sie mit Ihrem Macho-Gehabe nur Ihre kleinen Pömpel wettmachen wollen!"

Die Augen des Rauschgoldengels wurden zu schmalen Schlitzen. Das war der Tropfen, der das Fass zum

Überlaufen brachte. Er feuerte seine Uzi leer. Von Gisela Gerwitte war nur noch ein nach Kölnisch Wasser duftendes 1000-Teile-Puzzle übrig, mit dem der Gerichtsmediziner locker ein paar Tage beschäftigt sein würde.

Die Türen schlossen sich wieder.

„Och nö jetzt, so geht das nicht", nölte Bruce Willis, und man hörte deutlich die Enttäuschung aus seiner Stimme. Auch menschlich, von Kegelbruder zu Kegelbruder.

Der Engel drückte auf den Notknopf, der Aufzug hielt, dann drückte er auf den Knopf für das Dachgeschoss, und der Aufzug glitt wieder nach oben.

„Hör zu, Alter, was ist schon so 'ne Beförderung, wenn du stattdessen den Rest deines Lebens mit zwei rassigen Brasilianerinnen in den Armen am Strand von Copacabana liegen kannst?"

„Ich hasse Hitze."

„Dann eben mit zwei Finninnen nackt nach der Sauna im Schnee."

„Jungs", Bruce Willis hob seine Waffe, „ich kann euch nicht laufen lassen, tut mir echt leid. Ich will nicht nach Finnland – die kegeln da nicht."

Der Weihnachtsmann und der Rauschgoldengel luden ihre Uzis und hoben sie ebenfalls hoch. Die drei Männer nahmen sich gegenseitig ins Visier.

In diesem Moment flackerte das Licht und ging aus. Bing Crosby verstummte.

Stille trat ein. Die sich z-o-g.

„Alter, du wirst doch keinen Scheiß machen?", fragte der Engel ins Dunkel.

„Karl-Heinz, gib auf", verlangte Bruce Willis.

„Leute?", rief der Weihnachtsmann, hörbar unsicher.

Köppke hielt die Luft an.

„Alter!", warnte der Engel namens Karl-Heinz in der Finsternis der Kabine. „Du kannst maximal einen von uns umnieten."

„Ihr kommt hier nicht lebend raus", warnte Bruce Willis. „Das Haus ist umstellt."

„Wir haben einen Hubschrauber! Der bringt uns, wohin wir wollen." Der Engel triumphierte.

Man hörte Gummisohlen über den Aufzugskabinenboden streichen. Wer stand jetzt wo? Das erinnerte ein bisschen an eine illegale Hütchen-Spielerbande.

„Leute?", rief der Weihnachtsmann unsicher in die immer noch nachtschwarze Dunkelheit.

Dann plötzlich ...

Ratterratterratterratterratterratterratter. Ratterratterratterratterratterratter. Ratterratterratterratterratterratter.

Dann ... Stille.

Die Stille des Todes.

Da ging das Licht wieder an, und Bing Crosby sang weiter.

Der Weihnachtsmann, der Rauschgoldengel und Bruce Willis lagen mit verrenkten Gliedmaßen und blutüberströmt auf dem Kabinenboden, gleich neben dem toten Rübenstein. Sie hatten sich gegenseitig durchlöchert.

Köppke saß mit aufgerissenen Augen in der Ecke und sah sich um. Dann sah er an sich herab, ob er womöglich ... aber nein, er war unverletzt.

In ihm überlegte es ...

Bing Crosby sang die letzten Takte: *And may all your Christmases be white.*

Jetzt, wo Köppke nicht mehr um sein Leben fürchten musste, schälte er sich die Strickfesseln von den

Handgelenken, riss sich den Paketkleber vom Mund und spuckte den Knebel aus dem Mund.

Der Aufzug plingte, und die sinnliche Frauenstimme hauchte: „Stockwerk 64. Ausgang zum Dach."

Man hörte Hubschrauberrotorblätter. Das musste der Flucht-Helikopter sein, von dem der Rauschgoldengel gesprochen hatte.

Köppke fischte sein Handy aus der Hosentasche und drückte eine Kurzwahlnummer. „Mutti? Du, Mutti, ich komm an Heiligabend nicht nach Hause. Muss arbeiten. Ja, schlimm, geht aber nicht anders. Melde mich wieder. Hab dich lieb."

Er warf das Handy auf den Boden, trat darauf, bückte sich, nahm die vier Reisetaschen mit den sechs Millionen, richtete sich wieder auf und trat hinaus auf den Hubschrauberlandeplatz und in sein neues Leben mit Caipirinha und Girls und dem Sand von Ipanema zwischen den Zehen ...

Bing Crosby hatte ausgesungen. Aus den Boxen der Aufzugskabine erklang jetzt *Have yourself a merry little Christmas* ...

Weihnachten fällt aus!

Leise rieselt das Lametta-Konfetti.

Ich stehe vor dem Weihnachtsmann und schaue aus großen Augen zu ihm auf. Er trägt sein rotes Weihnachtsmann-Outfit, aber sein weißer Wattebauschbart ist ein wenig verrutscht, und das Kissen, das den Bauch vortäuschen soll, lugt unter der Jacke hervor.

Es ist der 23. Dezember, kurz nach 17 Uhr, und mich überkommt das ungute Gefühl, dass es in diesem Jahr kein fröhliches Weihnachtsfest geben wird. Jedenfalls für ihn nicht.

Der Weihnachtsmann baumelt nämlich mit geschlossenen Augen und heraushängender, blauschwarz verfärbter Zunge an einem Gürtel, der an einem Ende um einen Querbalken geschlungen wurde und sich am anderen Ende eng, zu eng, um seinen Hals schließt.

Ja, der Weihnachtsmann ist definitiv tot.

Ich hatte – unter viel Gekichere der Kollegen – beim Schrottwichteln die Niete gezogen. Denis, genannt *Der Stinker*, aus der Buchhaltung. Bin ja ohnehin gegen dieses blöde Wichteln in der Firma, aber die Chefin glaubt, das würde zum „Bonding" beitragen. Neudeutsch für erzwungen fröhliches Betriebsklima. Und weil sie uns finanziell nicht belasten will, ist es kein richtiges Wichteln, sondern Schrottwichteln, wo jeder quasi das entsorgen darf, was die Müllabfuhr nicht mitnimmt. Na ja, ganz so schlimm ist es nicht, aber es sind wirklich fast immer Sachen, die ich auf dem Heimweg stante pede in den nächsten Abfalleimer werfe.

Dieses Jahr hatte ich zu Hause auf dem Dachboden einen entzückenden Kerzenhalter gefunden – vielleicht einen Tick groß, aber dafür schwer. Schwer macht was her.

Blöderweise hatte sich *Der Stinker* dann genau am Schrottwichteltag krankgemeldet.

„Bringen Sie ihm Ihr Geschenk doch vorbei", hatte die Chefin leutselig vorgeschlagen. „Er wohnt ganz in Ihrer Nähe."

Na toll. Es hatte einen Grund, warum *Der Stinker* seinen Spitznamen bekommen hatte. Wir hatten ihm reihum schon Seife und/oder Deodorant geschenkt und uns alle auch schon über seine Ausdünstungen beschwert, aber er war mit einem ärztlichen Attest angerückt, dass es irgendeine Drüsensache sei und er nichts dafür könne.

Was, wenn er mich bei der Schrottwichtelgeschenkabgabe in seine Wohnung bat? Das hielt doch kein Mensch ohne Gasmaske aus!

Rückblickend hätte ich den dämlichen Kerzenhalter einfach vor die Tür stellen sollen, als sich auf mein Klingeln nichts rührte. Aber die Tür war nur angelehnt, und die Neugier war einfach größer als das olfaktorische Grauen. Tja, und da hing er dann. Im Wohnzimmer. Als Weihnachtsmann verkleidet.

Mausetot.

Aber stinkend wie zu Lebzeiten.

„Sie haben den Toten also gefunden?"

Eine taffe Endvierzigerin im übergroßen Parka hat offenbar das Sagen. Die Streifenpolizisten haben mich bis zur Befragung in der Küche zwischengelagert, wo ich die ganze Zeit den Kopf aus dem Fenster in die eisige Kälte hielt, weil ich lieber erfrieren als erstinken wollte. Dabei hatte ich kurz Mitleid mit dem Wellensittich, der auf dem Küchentisch in seinem Käfig schaukelte, aber entweder er oder ich. Der Gestank schien dem Vogel nichts auszumachen, für Menschen war er jedoch wirklich unerträglich. Das fand wohl auch die Kommissarin, denn sie hat mich zur Befragung vor die Haustür gebeten.

„Ja, ich wollte ihm sein Wichtelgeschenk vorbeibringen." Ich halte die Jutetüte hoch, in der sich immer noch der nur mäßig hübsch verpackte Kerzenständer befindet. „Wir sind Kollegen. Wir schrottwichteln jedes Jahr."

„Und weiter?"

„Ich kam gegen 18 Uhr hier an. Die Haustür war nur angelehnt. Ich habe geklopft und ‚Denis!' gerufen, wir sind in der Firma grundsätzlich alle per Sie, aber mit Vornamen, dann bin ich eingetreten. Und da hing er dann."

„Lebte er noch?"

„Wie bitte?"

„Die Leiche ist immer noch lauwarm. Er ist also nicht lange tot."

Ich muss schwer schlucken. Hätte ich noch etwas ändern können? Würde der Mann noch leben, wenn ich mit einer Nagelschere den Gürtel durchtrennt hätte, der ihm die Atemzufuhr raubte?

Offenbar sieht man mir mein Entsetzen an. „Schon gut, Sie hätten nichts mehr ausrichten können. Auch wenn Sie ihn sofort aus seiner misslichen Lage befreit hätten, wäre ihm nicht mehr zu helfen gewesen."

Ich schlucke nochmals. Jetzt würde ich viel für eine schöne Tasse Tee geben. Aber eine Bewirtung ist bei der Befragung offenbar nicht vorgesehen.

„Kann ich dann gehen?", erkundige ich mich vorsichtig.

Die Kommissarin ignoriert meine Frage. „Sie sind also nur Kollegen?", will sie wissen und hebt anzüglich die linke Augenbraue.

So weit ist es also mit mir schon gekommen: Ich bin dermaßen abgewrackt, dass man mir zutraut, mit Stinker Denis liiert zu sein. Das muss an meinen klobigen Schuhen mit Einlage liegen, die ich wegen meiner leichten Fußfehlbildung trage. „Wie ich schon sagte, wir sind in der Firma alle per Sie, reden uns aber beim Vornamen an. Er hat in der Buchhaltung gearbeitet, ich im Verkauf, wir kannten uns kaum. Ich habe ihn nur fürs Schrottwichteln gezogen. Und weil er sich krankgemeldet hat, habe ich ihm mein Geschenk nach Hause gebracht. Warum hätte ich ihn erhängen sollen?"

„Ja, warum?" Sie kritzelt etwas in ihr Notizbuch. „Er wurde übrigens erst hinterher aufgehängt, nachdem man ihn erschlagen hat. Mit einem stumpfen, schweren Gegenstand." Sie schaut auf meine Jutetasche. „Sie haben doch sicher nichts dagegen, wenn sich die Spurensicherung den Inhalt Ihrer Tasche einmal näher ansieht?"

„Aber nein." Ich halte ihr die Tüte hin. Jetzt muss ich den Kerzenständer wenigstens nicht wieder mitnehmen. Das ist gut.

Schlecht ist, dass ich – bloß weil ich fürs Schrottwichteln den grottenhässlichen, geerbten Kerzenständer von Großtante Luise ausgesucht habe – jetzt auf der Liste der Mordverdächtigen ganz oben stehe.

„Sie können jetzt gehen", sagt die Kommissarin. „Wenn wir noch Fragen haben, wissen wir ja, wo wir Sie finden können."

Ich nicke. „Und was wird aus dem Wellensittich?"

Eine Stunde später sitze ich bei einem Glas Rotwein in meiner Küche und bin angesichts der Umstände deprimiert. Der arme Stinker. So schnell kann es gehen – eben sitzt man noch in seinem Büro und addiert Zahlen, im nächsten Moment wird man erschlagen und aufgeknüpft. Ich trinke auf ex und schenke mir ein zweites Glas ein.

In meinem inneren Blues bin ich nicht allein – der Wellensittich schaut auch nicht gerade glücklich. Ob er den Gestank seines frisch verblichenen Herrchens vermisst?

„Na du? Hast du den Täter gesehen?", frage ich ihn.

Er legt sein gelbgrünes Köpfchen schräg, sagt aber nichts.

Das mit uns ist nicht von Dauer. Ich habe nur angeboten, ihn am nächsten Tag ins Tierheim zu bringen.

Vielleicht ist der Vogel auch gar nicht deprimiert, sondern nur unterkühlt. Oder vom Glitzern in meiner Wohnung wie erschlagen. Meine Weihnachts-Deko verteile ich immer wie im Rausch in der ganzen Wohnung.

Überall glänzt und funkelt es, und fette Santa Kläuse mit Bewegungsmelder rufen „Ho, ho, ho", wenn man an ihnen vorbeigeht.

„Wer könnte einen Grund gehabt haben, den Stinker umzubringen?", sinniere ich vor mich hin. „Noch dazu, wo er doch offenbar ein großes Herz hatte und für irgendwelche Kinder den Weihnachtsmann spielen wollte."

Plötzlich quakt George Michael *Last Christmas.* Mein Handy-Klingelton ist nämlich jahreszeitlich.

„Ja?"

„Meine Güte, wir haben es eben erst erfahren. Die Polizei hat das Büro vom Stinker durchsucht. Deshalb bist du also nicht mehr zur Wichtelparty gekommen." Es ist Lisa aus der Buchhaltung. Wir sind befreundet und gehen manchmal in der Mittagspause zusammen zum Pilates.

Mir kommt eine Idee. „Du, sag mal, der Stinker ..."

„Nenn ihn nicht so despektierlich!", schimpft Lisa.

„Wieso? So haben wir ihn immer genannt."

„Jetzt, wo er tot ist, geht das nicht mehr!"

Es juckt mich, ihr einen Vortrag über Philistertum zu halten, aber ich will ja was von ihr. „Du hast recht, das ist respektlos. Also, der Denis ... hatte der in der Buchhaltung Leute, die ihn nicht riechen konnten?" Blöde Frage. Das traf auf jeden zu. „Oder ist der bei der Arbeit auf irgendwas gestoßen? Hat die Chefin vielleicht Millionen unterschlagen, und er hat's gemerkt?"

„Hast du getrunken?", fragt Lisa misstrauisch.

„Nein!", rufe ich laut. Einen Tick zu laut, der Wellensittich erschrickt und fällt von der Schaukel.

„Dann ist es der Schock, weil du einen Toten gesehen hast."

„Das ist keine Antwort auf meine Frage."

„Du spinnst doch. Es gibt keinen Grund, warum jemand aus der Firma ihn umgebracht haben sollte. Trink einen Beruhigungstee und leg dich ins Bett. Morgen sieht die Welt schon wieder anders aus."

Am nächsten Morgen sieht die Welt noch ganz genauso aus wie am Abend zuvor, nur heller.

Nach dem Frühstück trage ich den Wellensittich mitsamt Käfig zu meinem VW Golf, schnalle ihn an und fahre los. Die Ampel an der Kreuzung steht auf Rot.

Rechts geht es zum Tierheim, links zu der Straße, in der Denis wohnt. Wohnte. Es regnet leicht. Die Ampel schaltet auf Grün.

Ich fasse es als Wink des Schicksals auf, dass hinter mir keiner kommt, und fahre zügig von der Rechtsabbiegerspur nach links.

„Nur mal kurz Katastrophentourismus betreiben", sage ich zu dem Wellensittich, der das Autofahren offenbar nicht so gut verträgt. Er sitzt am Käfigboden und würgt Körner hoch. Oder Wellensittiche auf Reisen machen das immer. Ich habe keine Ahnung. Mit Vögeln kenne ich mich nicht so aus.

Ich lasse den Motor laufen, als ich vor Denis' Haus aussteige, damit mir der Wellensittich nicht erfriert.

Die Nachbarn zur Linken sind nicht zu Hause, bestimmt schon im Weihnachtsurlaub. Die Nachbarn zur Rechten kommen gerade vom Einkaufen. Letzte Besorgungen vor den Feiertagen. Er trägt eine grüne Elfenmütze mit passendem rot-weiß-gestreiftem Schal, sie hat ein Geweih auf ihre blonde Fönwelle gestülpt.

„Fröhliche Weihnachten", rufe ich. „Darf ich Sie etwas fragen? Es geht um Denis."

Das päpstliche Urbi-et-Orbi-Lächeln der beiden gefriert schlagartig. „Sind Sie eine von seinen ... Frauen?" Sie mustern mich.

Schon wieder diese Unterstellung, nur dass ich jetzt eine von vielen sein soll. Da stellt sich doch die Schicksalsfrage: Stinker Denis hatte mehr als eine, und ich bin immer noch Single – warum?

„Ich bin eine Kollegin. Aus der Speditionsfirma, in der er gearbeitet hat. Von was für Frauen sprechen Sie?"

Die beiden werfen sich einen Blick zu. Wer wird zuerst reden – der Elf oder die Hirschkuh? Ich tippe auf den Elf und liege daneben.

„Prostituierte", zischelt die Frau. „Widerlich. Wir haben ja alles mitbekommen. Er hat sich nie die Mühe gemacht, diskret zu sein."

„Alles haben wir natürlich nicht gesehen ...", wirft der Elf ein. Es klingt bedauernd.

„Wir haben genug gesehen! Er hatte diesen Kostümfetisch. An Ostern trug er ein Ganzkörperplüschosterhasenkostüm. Und an Weihnachten war er immer der Weihnachtsmann." Ihr Geweih wippt, so sehr redet sie sich in Fahrt. „Ich sage es ganz offen, wir werden ihn nicht vermissen!" Sie stürmt mit zwei übervollen Einkaufstüten ins Haus.

„Was hat er getragen, wenn gerade kein Feiertag war?", frage ich den Elf, aber da ruft die Hirschkuh schon dominant: „Dietrich, kommst du?"

„Das ist doch ein wichtiger Hinweis!"

Ich sitze – mit dem Wellensittichkäfig auf dem Schoß – im Büro von Kommissarin Weißhäuptl. Kurz vor High Noon. „Vielleicht ist da ein Sexspiel aus dem Ruder gelaufen."

„Wie kommen Sie denn bitteschön dazu, auf eigene Faust einfach die Nachbarn zu befragen?" Sie schaut streng.

Ich gucke trotzig.

„Wollen Sie etwa von sich ablenken?" Sie hebt schon wieder die linke Augenbraue. Eine mangelhaft gezupfte Augenbraue, wie ich anmerken möchte. Ihrem Büro sieht man die Weihnachtszeit nicht an. Nur die Zimtstange, die aus ihrem *I-am-the-Boss*-Kaffeebecher ragt und vermuten lässt, dass sich darin Punsch und kein Kaffee befindet, lässt Rückschlüsse auf die Jahreszeit zu.

„Ich habe meine Kollegin aus der Buchhaltung gefragt. Die Tat an Denis kann nicht beruflich motiviert sein. Was bleibt da noch?"

„Das zu beantworten ist mein Job, nicht Ihrer. Verstanden?"

Ich schürze die Lippen.

Der Wellensittich piepst.

Heiligabend.

Für mich gibt es Würstchen mit Kartoffelsalat, für den Wellensittich eine Hirsestange.

Das Tierheim hatte schon geschlossen, als ich am Nachmittag vor der Tür stand. *Ab 27.12. wieder geöffnet*, hatte jemand handschriftlich auf einen Zettel gekritzelt und ihn an die Tür des Tierheims geheftet. Dann eben noch ein paar Nächte mit Vogel.

Ist im Grunde gar nicht so unangenehm. So ganz allein an Weihnachten ist auch nicht schön. Und Lebewesen ist Lebewesen.

Der Vogel hätte mir aber gereicht, mehr hätte nicht sein müssen. Dennoch klingelt es um halb sieben. Sturm.

„Wer kann das sein?", sage ich zum Sittich.

Der bleibt stumm.

Ich gehe an die Tür. Vom frisch eingesetzten Schneefall wie mit Puderzucker bestäubt steht Lisa aus der Buchhaltung vor mir. „Ich wollte nur rasch sehen, wie es dir geht. Ist doch gruselig, einen Toten zu finden. Willst du nicht mit mir und meinem Kevin in die Kirche gehen?"

Grundgütiger, bloß nicht! „Wie lieb von euch, aber es geht mir gut. Ich habe mir gerade Würstchen gemacht."

Sie fängt an zu heulen und reißt mich in ihre Arme. „Das ist ja alles so schrecklich!", schluchzt sie. Ich überlege, ob sie Denis womöglich näher stand, als ich geahnt hatte, aber da ruft sie: „Allein an Weihnachten zu sein, das ist ja so furchtbar! Du Ärmste! Und wie tapfer du das erträgst!"

Ach so, nur die übliche Mitleidsnummer von einer Pärchenhälfte. Das bekomme ich öfter zu hören. Ziemlich herablassend, wenn Sie mich fragen. Ich bin sehr viel lieber eine alte Jungfer als Anhängsel von Kevin, dem fanatischen Marathonjunkie mit Minus-IQ, den Lisa als ihre „bessere Hälfte" bezeichnet.

„Ja, das Leben ist nicht immer leicht", säusele ich und schiebe Lisa von mir. „Du solltest jetzt in die Kirche, sonst kriegt ihr nur noch die zugigen Plätze auf der Empore."

Sie wischt sich eine Träne von der Wange. „Wenn du irgendetwas brauchst, egal was, egal wann, ruf an, ja?"

Ich nicke. „Danke."

Immer noch Heiligabend. Aber später.

Der Wellensittich hat das Köpfchen unter den Flügel gesteckt und schläft. Irgendwie süß.

Ich schaue *Der kleine Lord* mit Alec Guinness und putze nebenher meine Schuhe. Gründlich. Mit Schuhputzmittel. Und mit Bleiche. Weil ich gelesen habe, dass man Blutspuren damit vernichten kann.

Dass wir ein Paar waren, hatten wir immer sehr erfolgreich als großes Geheimnis gehütet. Wir waren uns wohl gegenseitig peinlich. Aber, na ja, bevor man so ganz allein ist ... und nur, weil mir meine Freiheit heilig ist und ich wirklich nicht konventionell verpaart sein will, heißt das ja noch lange nicht, dass ich keine vollwertige Frau bin und ich nicht hin und wieder Bedürfnisse habe. Da kam Denis ins Spiel.

Es hatte mich gleich misstrauisch gemacht, als Denis sich krankmeldete. Nicht die Krankmeldung an sich ließ mich stutzen, sondern seine SMS an mich, dass es ihm nicht gut gehe und wir uns Weihnachten leider nicht sehen könnten. Wo ich doch die ganze Wohnung schon für seinen Besuch dekoriert und überall Duftbäumchen aufgehängt hatte!

Und als ich ihm dann sein Wichtelgeschenk vorbeibrachte und feststellen musste, dass ihm eine zierliche Rothaarige gerade – vor seinem weit offenen Weihnachtsmannhosenstall kniend – *ihr* Geschenk offerierte, und zwar oral, da flippte irgendetwas in mir aus. Ich zog meine Schuhe aus, schlich mich an die beiden heran und erschlug erst die Schlampe und dann den Stinker. Klobiger Absatz auf Schläfe, funktioniert 1A.

Sie war klein und leicht und handlich und liegt jetzt immer noch im Kofferraum. Vermutlich werde ich sie im Garten unter dem Komposthaufen vergraben und mit Schnellkompostierer überschütten. So schnell wird sie im Kofferraum nicht zu müffeln anfangen, draußen ist es ja bitterkalt. Ich kann mir also Zeit lassen.

Denis war zu schwer für einen Transport, darum wollte ich einen Selbstmord inszenieren. Aber wie er dann so am Querbalken baumelte und ich die Delle an seiner Schläfe sah, war mir klar, dass mein Plan seine Lücken hatte.

Ich hatte auch nicht mit den überaus neugierigen Nachbarn gerechnet. Vermutlich haben sie nichts gesehen, sonst hätten sie es der Polizei längst gemeldet oder wären bei meinem Anblick in Panik ausgebrochen. Aber ich werde sie dennoch umbringen, nur zur Sicherheit. Wie, das konnte ich mir in Ruhe während der Feiertage überlegen.

Ich schaue zum Käfig mit dem friedlich schlummernden Vogel.

Wellensittiche heißen ja auf Australisch *budgerigars*, was so viel bedeutet wie „Leckerbissen". Hm, was isst man zu Wellensittich wohl als Beilage – Kartoffelsalat oder Vollkornbrötchen? Und schmeckt er besser gegrillt oder gekocht?

Nein, Scherz ... ich tue dem Kleinen doch nichts. Ich werde ihn Denis Junior nennen. Er wird es gut bei mir haben!

Versprochen!

Der Killer-Santa von Backemoor

Harry Rowohlt hat mal einen zitiert, dessen Namen ich vergessen habe, aber der hat gesagt, man soll nur Leute umbringen, die man kennt, bei allen anderen kriegt man irgendwann ein schlechtes Gewissen.

Der Mann hat Recht! Mit Anfang zwanzig habe ich im Suff einen Typen totgefahren, der erscheint mir bis heute nachts in meinen Träumen und tagsüber, sobald ich über zwei Promille komme.

Aber meine Familie?

Üb-er-haupt kein Problem!

Ich bin eine Potz.

Ja, eine Urenkelin von *dem* Potz, den man im Regelfall spätestens in der siebten Klasse aller weiterführenden Schulen durchnimmt.

Potz. Als wäre der Name allein nicht schon Strafe genug, muss auch noch so ein berühmter Ahne dranhängen, auf den man *immer* angesprochen, mit dem man *immer* verglichen wird. Es ist ein Fluch!

Aber darum geht's hier nicht. Es geht ums Erbe. Das ist so erklecklich, dass man damit ordentlich klotzen kann. Und genau das war von Kindheit an mein Lebenstraum. Klotzen. In ganz großem Stil. Bis es so weit ist, stehen mir allerdings noch ein paar verwandtschaftliche Nasen im Weg.

Meine Mutter, die ich wirklich mochte, starb Gott sei Dank von allein. An Krebs. Bei ihr hätte ich vermutlich Skrupel gehabt.

Bei meinem Vater war das anders. An ihm habe ich gewissermaßen geübt und gleich einen Volltreffer erzielt. Es war fast zu einfach.

Es ist ja so: Die Auslöserknöpfe, die man bei uns drücken muss, damit wir explosionsartig in die Luft gehen, kennen unsere Eltern alle. Kein Wunder, sie haben sie ja quasi an uns drangenäht. Aber umgekehrt funktioniert das natürlich auch. Als ich meinen Vater an jenem Abend zum Essen einlud, ihn danach zu seiner Lieblingszigarre kräftig mit Single Malt abfüllte und anschließend zu ihm sagte: „Lass mich dir ein Taxi rufen, du kannst nicht mehr fahren, du hast mehr Whisky im Blut als eine ganze Destillerie", rief er natürlich empört: „Ich kann noch sehr gut fahren, junges Fräulein!" Was er vielleicht sogar gekonnt hätte, aber da ich die Bremsen an seinem Kleinwagen manipuliert hatte, landete er prompt an einem Baum. Und weil sogar seine Leiche noch wabernde Alkoholdämpfe von sich gab, wurden die Bremsen nicht untersucht, nur sein Blutalkohol, und der war beträchtlich. Zack, einer weniger in der Erbfolge.

Aber nun gibt es da noch meine Tante Gyde, meine Schwester Bente und meinen Bruder Onno. Erst wenn die drei aus dem Weg geräumt sind, werde ich – sollte meine Großmutter väterlicherseits dahinscheiden – das gesamte Familienvermögen erben.

Ehrlich gesagt, es ist mir zu lästig, jeden einzeln zu killen. Das würde ja Monate, womöglich Jahre dauern. Ich fand es viel effizienter, alle übers Weihnachtswochenende zu einem großen Familienfest zu mir nach Backemoor einzuladen und dann mit einem Schlag das Problem zu lösen.

Gesagt, getan.

Sie sagten alle zu. In meiner Familie lässt man sich ein kostenloses Essen nicht entgehen. Ärgerlicherweise wollten, abgesehen von unserer Großmutter, alle in Begleitung kommen – mein Bruder mit seiner Verlobten, meine Tante mit ihrem Lebensgefährten, meine Schwester mit ihrer Yogalehrerin. Sehr lästig! Das macht die Bagage zweifelsohne absichtlich, auch wenn sie gar nicht weiß, was ich für sie geplant habe. Aber nach kurzem Nachdenken und einem doppelten Doornkaat fühle ich mich einem weihnachtlichen Massenschlachtfest durchaus gewachsen.

Und jetzt bloß kein falsches Mitgefühl. Wir sprechen hier schließlich von meinem bescheuerten Bruder, der mangels Alternativen bei Schleswig-Holsteins größter Alphabetisierungsinstitution, der Bundeswehr, untergekommen ist. Marinestützpunkt Kiel. Als er letzten Mai im Vollsuff gegen einen Verteilerkasten raste – was er dank seines Schutzengels so gut wie unbeschadet überlebte –, lallte er kichernd was von: „Ich hab schon mal den Feindkontakt geprobt." Und was seine Verlobte angeht: Wer sich als Frau in so was verliebt, mit dem kann es auch nicht weit her sein.

Meine ältere Schwester Bente hat mich schon als Kind immer gepeinigt und gepiesackt. Später machte sie aus dem Kleinkinderquälen einen Beruf und wurde Erzieherin in einem Kindergarten. Die armen Kleinen werden es mir zu danken wissen! Und wieso nennt sie die Yogalehrerin Yogalehrerin und nicht „die Frau an meiner Seite"? Die leben doch schon seit fünf Jahren in einer Wohnung mit nur einem Schlafzimmer zusammen. Heuchlerisches Pack!

Tante Gyde schießt den Vogel ab. Sie ist mir einfach zu ähnlich. Als derzeitiger Finanzminister des Familienvermögens hat sie alle Spenden an wohltätige Organisationen eingestellt. Kein Cent aus dem Potz-Vermögen soll mehr in andere Taschen fließen. Das mehrt natürlich indirekt mein Erbe und ich heiße ihr Vorgehen gut. Aber gleichzeitig widmet sie sich leidenschaftlich dem Projekt „Ewiges Leben" und buttert riesige Beträge in Anti-Aging-Maßnahmen jedweder Art. Und das, obwohl in unserer Familie ohnehin die Langlebigkeit grassiert. Wenn man nicht eingreift, wird sie uns alle überleben. Ihr Lebensgefährte, ein ehemaliger Bürgermeister aus dem Schwarzwald, den sie auf einer Kreuzfahrt kennengelernt hat, ist ein blasses Tuch und bleibt einem durch nichts weiter in Erinnerung als seinen festen Händedruck und sein nasales „Grüß Gott".

Kurzum, um keinen von denen ist es schade.

Heiligabend.

Das Mittagessen werden wir in dem neuen Gourmettempel in Leer einnehmen. Da lasse ich mich nicht lumpen. Ist schließlich die Henkersmahlzeit der einzigen Menschen auf diesem Planeten, mit denen ich (noch) meine DNA teile. Außerdem tut es eine Familie wie die Potzens nicht unter einem Sterne-Restaurant.

Nach dem Essen werden wir zu meinem Reetdachhäuschen in Backemoor zu Kaffee und Kuchen fahren. Statt Kuchen wird es allerdings Elisenlebkuchen geben. Unsere Ahnfrau, Elise Potz, hat diese Weihnachtstradition in unserer Familie eingeführt. Was kaum einer weiß, die Elisenlebkuchen wurden nach ihr benannt, was ich Wikipedia schon drei Mal mitgeteilt habe, aber die Fuzzis weigern sich, das zu übernehmen.

Normalerweise geht mir Weihnachten voll am verlängerten Rücken vorbei, aber an diesem besonderen Schicksalsfest will ich alle Deko-Rekorde brechen und kaufe den örtlichen Baumarkt leer. Überall in meinem Häuschen funkeln Weihnachtskugeln, rufen Weihnachtsmannpuppen „Ho, ho, ho" und leuchten rote Rentiernasen. Ich will der Polizei später schließlich Familienidylle vorgaukeln.

Letzte Tat des Tages ist das Zerkleinern der Tabletten und das Einarbeiten des Pulvers in den Teig. Ich arbeite bei einem Tierarzt und habe mir einen Vorrat an Pillen zugelegt, mit denen man eine ganze Wildschweinrotte einschläfern könnte, das wird für meine Verwandten reichen. Natürlich habe ich es nicht auf reines Vergiften abgesehen – die sollen nur alle tief schlafen, damit ich sie dann ohne Gegenwehr mit der Axt erschlagen kann.

Mit Männergummistiefeln, Schuhgröße 52, trete ich Abdrücke in die feuchte Erde vor und hinter meinem Haus. Die Hintertür schlage ich ein. Mein Plan sieht vor, dass ich meinen Verwandten, sobald sie nach dem obligatorischen Elisenlebkuchen wegdämmern, die Schädel zertrümmere, ihnen daraufhin ihren Schmuck und ihr Geld abnehme, das Zeug mitsamt der Axt unter dem Komposthaufen hinten an der Hecke verbuddele und die Schuld an dem entsetzlichen Massenmord, dem nur meine Großmutter und ich entgehen werden, weil wir im oberen Stock ein Nickerchen gemacht haben, dem marodierenden Psychopathen in die Gummistiefel schiebe, der vor ein paar Wochen den Bauern eines Nachbardorfes auf ebendiese Weise umgebracht hat.

So weit, so gut.

Erster Weihnachtsfeiertag.

Ich setze den guten Bohnenkaffee auf und trage das Tablett mit den selbstgemachten Elisenlebkuchen ins Wohnzimmer.

Großmutter lässt sich schwer in den Sessel am Fenster fallen. „Lass mal probieren!", verlangt sie. Ich zögere – mir wäre es lieber, alle essen gleichzeitig, damit bei allen gleichzeitig die Wirkung einsetzt –, aber sie ist uralt und keiner wird sich wundern, wenn sie plötzlich einschläft. Außerdem sind durch den Körper meiner Großmutter drei Ehemänner, zwei Kinder und ein Weltkrieg gegangen und ich habe eine Schwäche für dieses alte Schrapnell. Sie soll tief und fest schlafen, wenn ich die Gummihandschuhe überstreife und die Axt packe. Also reiche ich ihr einen Lebkuchen.

„Der ist ja bockelhart!", beschwert sich Oma und wedelt anklagend mit ihrem Elisenlebkuchen. „Den muss ich anders essen." Sie bricht mit gichtigen Fingern ein Stück ab, nimmt ihr Gebiss heraus, legt es in ihren Schoß, schiebt sich das Stückchen Elisenlebkuchen in den Mund und lutscht daran wie an einem Bonbon.

Mein Bruder Onno kichert albern. „Damit Sie auch morgen noch kräftig zubeißen können, Henkell trocken", ruft er begeistert und schnappt sich ebenfalls einen Lebkuchen, den er mit einem Happs, quasi unzerkaut, verschlingt. Seine Freundin lacht.

Dass mir die Dinge entgleiten, wird mir in dem Moment klar, als die Yogafreundin meiner Schwester erklärt: „Sind da Nüsse drin? Ich reagiere hochgradig allergisch auf Nüsse."

„Nein", lüge ich, „da sind keine Nüsse drin."

„Du musst das nicht essen", sagt Bente zu ihr. Blöde Kuh.

„Ich habe die Elisenlebkuchen extra für euch gebacken", erkläre ich mit vibrierender Stimme. Sie vibriert vor Wut, nicht vor abgrundtiefer Enttäuschung, aber es funktioniert trotzdem und alle nehmen sich schuldbewusst einen Lebkuchen, sogar die Yogafreundin.

Ich hole den Kaffee aus der Küche. Das dauert keine fünf Minuten, aber fünf Minuten waren lang genug.

„Großer Gott!", ruft meine Tante und schlägt sich die Hand vor den Mund. Sollte die Wirkung der Tierarztpillen so schnell einsetzen?

Aber nein, als ich ins Wohnzimmer trete, sind noch alle hellwach, sogar Oma, und starren auf ein aufgeblasenes Etwas, das sich auf dem Teppich hin- und herrollt.

„Ruf einen Krankenwagen, schnell!", herrscht mich meine Schwester an.

Die Yogafrau hat nicht übertrieben, als sie meinte, sie sei hochgradig allergisch. Die Haut spannt sich prall über ihrem geschwollenen Gesicht, als wolle sie gleich platzen.

Ich laufe mit der Kaffeekanne in die Küche und überlege, ob ein Lebkuchen pro Mann für eine Sedierung ausreicht, wenn jetzt alle wegen der Yogafreundin im Adrenalinschock sind? Plan B wird aktiviert! In der Küche gebe ich Notrufgeräusche von mir, hole aber in

Wirklichkeit die pulverisierten Pillen aus der Besteck-schublade und rühre sie in den Kaffee ein, den ich in eine Thermoskanne umfülle.

„Will jemand eine Tasse auf den Schock?", biete ich bei meiner Rückkehr ins Wohnzimmer an und „Der Krankenwagen ist sofort da", sage ich in Richtung Teppich, wo die Augen der Yogafrau nur noch zwei winzige schwarze Schlitze sind, ungefähr wie bei Richard Gere, den ich noch nie sexy fand.

Der Ex-Bürgermeister verschluckt sich. Ich gieße ihm aus der Thermoskanne ein und sage: „Schnell, trinken Sie einen Schluck Kaffee, das spült die Krümel runter." Er tut es und verbrüht sich die Zunge, weil der Kaffee noch zu heiß ist.

„Wo bleibt nur der Krankenwagen?", ruft meine Schwester ehrlich besorgt, und fast tut sie mir jetzt ein bisschen leid.

„Wir gehen besser!", erklärt meine Tante mit klirrender Stimme und erhebt sich. „Herr Nägele", befiehlt sie, weil sie vor der Familie den Ex-Bürgermeister siezt.

Ich sehe meine Felle davonschwimmen.

„Nicht gehen!", flehe ich. „Es ist Weihnachten. Wartet, ich bringe Eis für die Zunge von Herrn Nägele. Und ich habe oben noch ein Spray gegen Allergieanfälle."

Hastig laufe ich nach oben. Es ist nur ein kühlendes Spray, das der Yogafreundin nicht wirklich helfen kann, aber vielleicht verschafft es ihr so lange Linderung, bis ich meiner Schwester den Kaffee mit dem Pulver aufgenötigt habe. Mit der Spraydose in der Hand haste ich wieder nach unten, vom Flur aus gleich in die Küche, Eiswürfel holen. Ich wundere mich noch, dass die Hintertür offen steht. Wehe, es hat einer das Haus verlassen!

Ruhig bleiben, mahne ich mich, *die Lebkuchen werden sie zwar nicht mehr essen, das kannst du dir abschminken,* aber eine Tasse Kaffee wird jetzt jeder von denen trinken und dann tust du, was getan werden muss, und nächste Woche um die Zeit bist du um einige Millionen reicher und liegst auf Hawaii am Strand.

Ich hole tief Luft und gehe ins Wohnzimmer.

Die Yogafreundin liegt mit einer unguten blauen Gesichtsfarbe völlig reglos auf dem Teppich. Ich gehe sehr davon aus, dass sie erstickt ist.

Dann schaue ich zu meiner Schwester. Während mir die Eiswürfel und die Spraydose aus der Hand fallen, registriere ich, dass Großmutter leblos über der Sessellehne hängt. Vermutlich Herzinfarkt, denn man sieht kein Blut.

Sehr viel Blut sieht man allerdings unter dem Kopf meines Bruders. Er liegt halb unter dem Wohnzimmertisch, während sich eine dickflüssige rote Lache unter seinem schütteren Haupt ausbreitet.

Meine Tante liegt neben ihm. Ihre Brust ist dunkelrot getränkt.

Die Verlobte meines Bruders – hat die überhaupt einen Namen? – und Ex-Bürgermeister Nägele drängen sich dicht an dicht in der Ecke neben dem Wohnzimmerschrank (Eiche rustikal) und schauen mit weit aufgerissenen Augen in meine Richtung.

Ich schaue zurück.

Da erst merke ich, dass sie nicht wirklich *mich* anschauen. Langsam drehe ich mich um.

Und stehe dem Weihnachtsmann gegenüber.

„Keine Dummheiten!", röhrt er und hebt die blutverschmierte Axt hoch.

Ich falle in Ohnmacht.

Alles dreht sich. Mir wird übel.

Ich bin allein auf der Welt. Die Menschen, die ich so sehr liebte, dass ich sie hassen konnte – alle tot.

Alle? Wo ist meine Schwester? Ich sehe auf der Leinwand meiner geschlossenen Lider die Toten, aber Bente ist nicht dabei. Konnte Bente sich retten?

Mühsam öffne ich die Augen.

Ich habe das Gefühl, auf einem Luftkissen zu schweben. Alles ist verschwommen. Und dann sehe ich – eine Farbe.

Rot!

Oh Gott, es ist noch nicht vorbei, ich lebe noch und der Killer-Santa von Backemoor gibt mir jetzt den Rest. Rasch schließe ich wieder die Augen. Wünsche mir nur, dass es schnell vorbei sein wird. Schnell und möglichst schmerzlos.

„Frau Potz? Können Sie mich hören?", säuselt eine freundliche Frauenstimme.

Ich öffne die Augen. Eine Mittdreißigerin in knallrotem Kostüm beugt sich über mich. „Frau Potz, es ist alles in Ordnung, ich bin von der Kriminalpolizei!", beruhigt sie mich.

Ich murmele etwas.

„Wie bitte?", fragt sie und beugt sich tiefer über mich.

„Alle tot …" Meine Stimme verliert sich.

„Wer ist tot?", ruft Oma. „Du musst lauter sprechen!"

Ich versuche, meine Augen in Richtung Sessel zu rollen. Zwischen mehreren Streifenpolizisten kann ich meine Großmutter ausmachen. Sie hat die Zähne wieder eingesetzt. „Was ist eigentlich los?", verlangt sie zu wissen. „Ich bin eingeschlafen und habe gar nichts mitbekommen. Dabei schlafe ich sonst nach dem Essen nie ein!"

Oi!

Ich lasse meinen Blick zum Wohnzimmertisch wandern. Ein Sanitäter beugt sich über meinen Bruder. Die Frau in Rot ahnt, was mich umtreibt, und sagt: „Keine Sorge – als der Täter mit der Axt durch die Hintertür gestürmt kam, wollte Ihr Bruder wohl eingreifen, ist ausgerutscht und hat sich den Kopf angeschlagen. Aber er wird wieder."

Das „Blut" auf der Brust meiner Tante stellt sich als Portwein heraus. Das Glas mit dem Verdauungsweinchen ist zerbrochen, als mein Bruder im freien Flug auf die Tante knallte und sie mit zu Boden riss.

Die Tante steht mittlerweile mit eisigem Gesichtsausdruck mitten im Raum und starrt die Verlobte meines Bruders an, die den Ex-Bürgermeister gerade mit zärtlichen Unterarmstreicheleinheiten tröstet. Wahrscheinlich hat die Kleine mittlerweile herausgefunden, wie reich der ledige Greis ist.

„Bente?", frage ich.

„Ihre Schwester konnte fliehen und uns verständigen. Es kommt alles wieder in Ordnung. Da!" Die Frau in Rot zeigt zum Teppich.

Ich schaue hinüber. Ein weiterer Sanitäter injiziert etwas in die Yogafreundin meiner Schwester, die schon wieder viel besser aussieht. Sie fängt meinen Blick auf. „Und es waren doch Nüsse in dem Lebkuchen!", faucht sie. Bente kniet neben ihr und schaut mich nur mit finsterem Drohblick an.

„Der Weihnachtsmann ...", wispere ich.

„Wir haben ihn vorn an der Kreuzung gefunden. Im Tiefschlaf. Mit Elisenlebkuchenkrümeln im falschen Bart."

Ich seufze.

Und richte mich auf.

„Sie haben doch nichts dagegen, wenn ich einen Schluck Kaffee nehme?", fragt da die Kommissarin.

Ich drehe mich zu ihr und will „Doch!" rufen, aber da hat sie sich schon längst aus der Thermoskanne eingegossen und mit großen Schlucken die halbe Tasse geleert.

Sie lächelt mich noch an, da kippt sie auch schon aus den Pumps.

Alle schauen perplex.

Tja, wie erkläre ich das jetzt ihren Kollegen?

Hawaii muss noch warten. Es kann dauern …

Veröffentlichungsnachweise

Süßer die Fäuste nie fliegen ... (*Eiskalte Weihnachts-engel*, Heyne)

Peng – und dann herrscht „Stille Nacht" (*Tödliche Weihnacht überall*, Piper)

Sackzement! (*Schöne Bescherung*, Piper)

1A Steinbacher Schlickleiche zum Fest (*Süßer die Schreie nie klingen*, Knaur, unter „In einem kühlen Grunde")

Gefüllte Gans (*Klappe zu, Gatte tot*, KBV)

Alle Jahre wieder (geänderte Version in: *Ausgefressen*, Leporello)

Besinnlich, fröhlich, tot (*Tod unterm Tannenbaum*, Theiss)

Friede, Freude, Gänsekeule (*Maria, Mord und Mandelplätzchen*, Knaur)

Weihnachtswünsche werden wahr! (*Glöckchen, Gift und Gänsebraten*, Knaur)

Wernigeröder Weihnachtswunder (*Hexentrank und Halleluja*, Prolibris Verlag)

Der Ruckizucki-Weihnachtsgansmord (*Originalbeitrag*)

Wenn Santa zweimal klingelt ... (*Stollen, Schnee und Sensenmann*, Knaur)

Brief an meinen Mörder (Originalbeitrag)

Roadtrip mit Weihnachtself (leicht geänderte Version: *Junger Mann zum Mitreisen gesucht*, Knaur)

Flammendes Inferno (Originalbeitrag)

Weihnachten fällt aus! (*Türchen, Tod und Tannen-baum*, Knaur)

Der Killer-Santa von Backemoor (*Gepfefferte Weih-nachten*, Leda Verlag)

Tatjana Kruse
Grabt Opa aus!
Ein rabenschwarzer Alpenkrimi
224 Seiten, € 9.95
HAYMON taschenbuch 156
ISBN 978-3-85218-956-7

Tollpatsch Alfie erbt eine Pension in Tirol – und wähnt sich in der schönen, aber verschlafenen Touristengegend im Glück. Schön? Ja. Verschlafen? Mitnichten! Schon bald überschlagen sich die Ereignisse im Grenzgebiet zwischen Seefeld und Mittenwald, wo sich Österreicher und Deutsche gute Nacht sagen, und Alfie muss feststellen, dass seine Hausgäste alles andere als harmlos sind ...

Tatjana Kruse, wie man sie kennt: schräg, schwungvoll, spannend und rabenschwarz.

„Tatjana Kruse ist der Ladykracher unter den deutschen Krimi-Comedians: scharfsinnig, gut getimet, clever ausgetüftelt und einfach unsagbar komisch."
Focus

www.haymonverlag.at

Tatjana Kruse
Bei Zugabe Mord!
Eine Diva ermittelt im Salzburger Festspielhaus
Kriminalroman
248 Seiten, € 9.95
HAYMON taschenbuch 177
ISBN 978-3-85218-977-2

Bei den Salzburger Festspielen wird neuerdings mehr gestorben als gesungen. Ein Sänger nach dem anderen verstummt – für immer. Operndiva Pauline Miller, ebenso voluminös wie schillernd, kann das nicht hinnehmen. Also wird die Sopranistin zur Schnüfflerin und fühlt verdächtigen Opernfeinden auf den Zahn.

Schräg, genial und urkomisch: Wenn die „Queen der Krimi-Comedians" (Süddeutsche Zeitung, Tanja Kunesch) ihren schwarzen Humor auspackt, können selbst die Briten einpacken!

www.haymonverlag.at

Tatjana Kruse
Stick oder stirb!
Kommissar Seifferheld ermittelt
272 Seiten, € 9.95
HAYMON taschenbuch 257
ISBN 978-3-7099-7904-4

Mit Nadel, Faden und Pistole: Siegfried Seifferheld, Ex-
Kommissar im unruhigen Ruhestand und begeisterter Sticker,
soll den Insassen der Justizvollzugsanstalt Schwäbisch Hall
die Liebe zum seidenen Faden näherbringen. Mit stumpfen
Nadeln, versteht sich. Ein russischer Mafiaboss, Stickschüler
in Siggis Knast-Kränzchen, plant eine spektakuläre Flucht –
und prompt wird Seifferheld zur Geisel!
  Meisterinnenhaft kombiniert Tatjana Kruse rasante
Krimihandlung mit brillantem Wortwitz und den
schrulligsten Figuren der deutschsprachigen Krimilandschaft.

„Kruse schießt die Pointen völlig ungeniert gleich salvenweise
aus der Hüfte ...“
Focus, Ralf Kramp

www.haymonverlag.at